KB072596

말년병장, 이등병되다!

이등병되다!

에바티리체 장편 소설

FUSION FANTASTIC STORY

말년병장, 이등병 되다! 1

에바트리체 장편 소설

초판 1쇄 찍은 날 § 2014년 5월 12일
초판 1쇄 펴낸 날 § 2014년 5월 19일

지은이 § 에바트리체
펴낸이 § 서경석

편집부장 § 권태완
편집책임 § 박은정

펴낸곳 § 도서출판 청어람
등록번호 § 제387-1999-000006호
등록일자 § 1999. 5. 31
어람번호 § 제1-1847호

주소 § 경기도 부천시 원미구 부일로 483번길 40 서경B/D 3F (우) 420-822
전화 § 032-656-4452팩스 § 032-656-4453
http://www.chungeoram.com
E-mail § chungeorambook@daum.net

ⓒ 에바트리체, 2014

ISBN 979-11-316-9021-5 04810
ISBN 979-11-316-9020-8 (세트)

※ 파본은 구입하신 서점에서 교환하여 드립니다.
※ 저자와 협의하여 인지를 붙이지 않습니다.
※ 이 책은 도서출판 청어람과 저작자의 계약에 의해 출판된 것이므로,
   무단 전재 및 유포·공유를 금합니다.

말년병장, 이등병되다!

이등병되다!

1

엄태식 장편 소설

FUSION FANTASTIC STORY

THE SERGEANT

KOREA 8rd
ARTILLERY BRIGADE

도서출판 청어람

CONTENTS

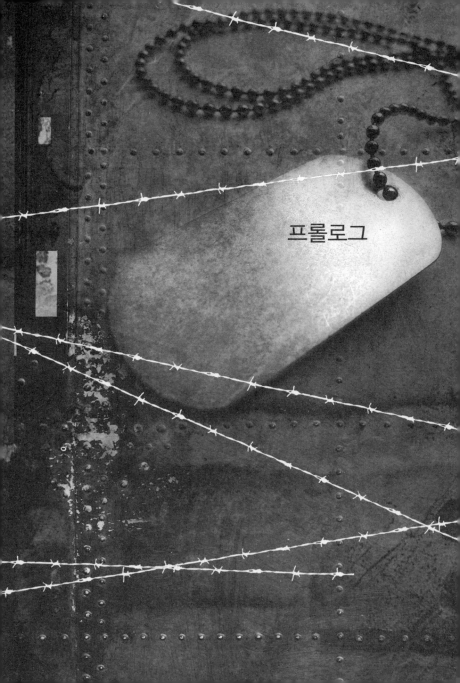

프롤로그

"크, 드디어 끝났구나!"

검은색의 밤하늘을 밝게 수놓은 별들 아래 기지개를 켜며 방탄모를 벗는 이도훈 병장.

속칭 '꼬장의 신'이라 불리는 이 병장은 내일 전역을 앞두고 이제 마지막 외곽 근무가 될 위병소 근무를 마치고 복귀한다.

같이 근무를 한 후임 병사가 피식 웃으며 이 병장의 옆구리를 쿡쿡 찌른다.

"도훈이 형, 전역 앞두니까 기분이 어때?"

"어쭈, 일병 주제에 감히 병장한테 말을 까? 요즘 군대 좋아졌다?"

"일병 김기찬! 죄송합니다!"

"야, 야, 장난한 거 가지고 뭘 그리 심각하게 받아들여?"

"나도 장난한 건데?"

"어쭈?"

막사 내에서도 이제 도훈의 말을 제대로 듣는 병사는 아무도 없다. 얼마 전에 막 전입한 신병 몇몇만 각을 세우고 도훈을 대할 뿐 이제 내일 전역자라는 타이틀이 붙은 도훈에게 있어서 병장이라는 위엄보다는 사회에서 볼 형이라는 인식이 강하게 들기 때문이다.

이 병장, 꼬장의 신.

말년병장으로서 온갖 꼬장을 다 부렸지만, 그래도 녀석들은 이 병장의 꼬장을 다 받아줬다.

참으로 고마운 녀석들이 아닐 수가 없다.

"하! 그나저나 막상 이 지긋지긋한 산골짜기를 떠난다고 생각하니까 섭섭하네."

총기를 반납하고 양쪽 사이드로 길게 늘어서 있는 구식 내무반 안에서 이 병장이 나지막이 한숨을 내쉰다.

"섭섭하냐? 그럼 진작 꼬장 좀 부리지 말지 그랬어."

불침번 근무를 서고 있던 김 병장이 도훈의 어깨를 툭 건들이며 말을 걸어온다.

두 달 늦게 들어온 맞후임의 입장에서 맞선임을 떠나보낸
다는 섭섭한 맘은 별로 들지 않는지 연신 웃음으로 도훈을 대
한다.

"야, 너는 맞선임이 간다는데 아무 감흥도 없냐?"

"감흥은 개뿔. 니가 나가야 내가 나갈 거 아니야."

"그래? 확 전역 안 해버릴까 보다."

"끔찍한 소리 하지 말고 잠이나 자시지. 마지막 취침이잖
아."

"그러니까 그게 아쉽다고."

활동복으로 갈아입은 뒤에도 쉽사리 잠이 오지 않는 도훈.
새벽 3시에 TV 리모컨을 찾아 전원 버튼을 눌러보지만, 재미
있는 TV 프로그램은 보이지 않는다.

"이 리모컨도 상병 되고 나서야 겨우 잡을 수 있었지."

"뜬금없이 무슨 옛날 일 회상이야."

"그냥 감성적으로 변하게 되네. 이것도 다 마지막이라고
생각하니까."

조금씩 내리기 시작하는 흰 눈. 추위에 대비해서 단단히 깔
깔이를 챙겨 입은 도훈이 슬리퍼를 질질 끌며 내무반 바깥으
로 나가려는 것을 불침번이 잡는다.

"어디 가려고?"

"담배 피우러 간다, 인마."

"통제관님한테 제대로 보고하고 가. 그냥 가면 내가 털리니까."

"넌 아직도 간부들한테 털리는 쫄밥이냐?"

"시끄러워. 그러다가 또 모포말이 당할라."

"그건 좀 봐줘라."

위병소 근무를 나서기 전, 9시 50분에 점호가 끝나자마자 후임 녀석들이 미친 듯이 도훈에게 달려들어 난데없이 포단으로 싸매고 마구 발길질을 날렸다.

한겨울에 모포도 아니고, 침낭도 아니고, 포단이라니!

덕분에 도훈의 허리와 허벅지는 시퍼런 멍이 들 정도였다. 이게 다 꼬장의 신이라는 타이틀로 인해 따라오는 부가적인 효과라는 것일까.

내무반을 나서자마자 행정반에 입성한 도훈. 늘어지게 하품을 하던 통제관을 보자마자 대충 거수경례를 하며 말한다.

"병장 이도훈, 잠시 담배 좀 피우고 와도 되겠습니까?"

"…니가 언제부터 당직관한테 보고하고 담배 피운 적 있냐? 닭살 돋게 왜 이래?"

"마지막 날이니까 제대로 하는 거 아닙니까. 하하!"

"보고할 줄 알았다면 진작 좀 제대로 하던가."

"제가 다시 이등병으로 돌아간다면 제대로 하겠습니다."

"끝까지 밉상이구만. 퍼뜩 피우고 들어와."

"넵! 행정반에 용무 마치고 돌아가겠습니다!"

과장된 각, 그리고 과장된 목소리로 말하며 행정반 밖으로 나온 도훈은 주머니 속에 있던 담배 한 개비를 꺼내며 불을 붙인다.

당직사병은 피곤한지 꾸벅꾸벅 졸고 있는 상황. 혀를 차며 군대 참 편해졌다는 생각을 하던 도훈은 흰 눈과 섞여 더더욱 아름다운 장관을 연출하는 밤하늘을 올려다본다.

"씨발, 산골짜기라 그런지 별은 드럽게 많구만."

GOP와 거의 근접한 전방에서 도훈은 이십 대의 2년이라는 청춘을 이 장소에 바쳤다.

155㎜ 견인곡사포 포병으로 주특기를 부여받은 뒤 사격지휘(통칭 FDC) 분과 인원이 부족하단 이유로 상병 때부터 FDC로 분과 이동을 하게 되었다.

죽어라 1, 2번 포수만 하다가 이제 사수나 부사수 좀 달아보나 했더니 난데없이 사격지휘병이라니.

덕분에 사격지휘에 대해 죽어라 공부하던 기억도 새록새록 떠오른다.

"그땐 진짜 눈이 뒤집히는 줄 알았는데."

하지만 시간이 지나면 이것도 다 추억이다.

이제 곧 전역을 앞두고 있는 도훈에게 있어서 사소한 기억은 전부 추억으로 남아 앞으로의 일생에 평생 각인될 것이다.

담배 연기 한 모금을 깊게 내뱉는 도훈.

"군대라는 곳을 좀 더 잘 알고 있었다면 후회 없는 군 생활을 했을 텐데."

인간은 언제나 지나간 시간을 되새기고, 그리고 후회한다.

후회.

도훈에게도 없을 리가 없다. 오히려 대한민국 남자 인생에 단 한 번뿐이라는 군 생활이기에 좀 더 잘할 걸 하는 후회가 남게 마련이다.

이등병 때 빠릿빠릿하게 움직이고 눈치 있게 행동했으면 A급 병사라는 소리를 들었을지도.

'제가 다시 이등병으로 돌아간다면 제대로 하겠습니다.'

아까 행정반에서 보고 도중 말한 자신의 망언이 차가운 겨울바람과 함께 떠오른다.

다시 이등병으로 돌아간다…….

"끔찍한 소리구만."

온몸에 소름이 돋을 정도로 두려운 말이기도 하지만,

막상 전역이라는 날짜에 도달하니 아쉬움이 남는 것도 사실이다.

"잠이나 자자."

날씨도 더 추워지고 있을뿐더러 눈도 점점 쌓여가고 있기에 도훈은 따스한 내무반으로 가서 편히 잠을 청하기로 결정한다. 그래야 내일 아침 깔끔한 전역 기분을 낼 수 있을 것이다.

하지만 이것이 꼬장의 신이라 불리던 이도훈 병장의 최후였으니……

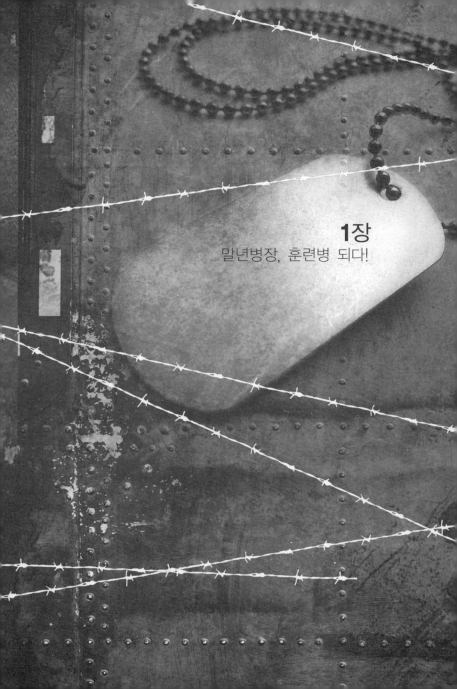

1장
말년병장, 훈련병 되다!

아쉬움을 달래고 내무반 마루에 누웠을 때,

"음······."

머리가 깨질 것 같은 통증이 도훈을 강타한다.

도대체 뭐지?

이 정도로 심각한 두통은 평생 처음이다.

식은땀을 흘리며 상반신을 일으킨 도훈. 거칠게 숨을 몰아
쉬며 이마에 손을 올려본다.

"후우······."

길게 한숨을 들이쉬며 이마에 송골송골 맺혀 있는 땀방울

을 닦는다.

악몽이라도 꾼 것일까. 하지만 꿈의 내용은 전혀 기억나지 않는다. 방금 전까지 담배를 피우고, 날이 하도 추워서 내무반으로 다시 들어와 잠을 잔 것까지는 기억나는데.

"어?"

뭔가 이상하다.

난생처음 보는 사람들이 자신의 양옆에 자리 잡고 누워 있는 게 아닌가! 게다가 자신이 누워 있는 내무반의 내부는 여태 2년 동안 생활해 오던 구식 막사와는 전혀 다르다.

약간 신식처럼 보이긴 하지만, 내무반은 내무반. 고작해야 개인 옷장이 철제로 바뀐 것을 빼고는 구식 막사와 전혀 달라진 점이 없는 괴상한 곳에 자신이 누워 있다.

그리고,

"이, 이게 뭐야?!"

자신이 입고 있는 옷은 현재 사복이다.

사복을 입고 내무반에서 잠을 자고 있다.

아무리 자신이 전역을 했다 해도 전역 시기를 놓쳐서 부대에서 하룻밤을 더 자고 가는 일 따위는 계획하고 있지 않았다. 더욱이 사복은 가져오지도 않았으니까 말이다.

그때,

"아, 거참, 잠 좀 잡시다, 아저씨."

"아저씨?"

옆에서 단잠을 자던 또 다른 사복 청년이 까까머리를 보이며 불만을 토로한다.

"점호 끝나자마자 제일 먼저 잠들었으면서 제일 먼저 일어나는 건 또 뭐유? 아직 새벽 5시밖에 안 됐다고요."

뭔가 이상하다.

분명 도훈은 위병 근무를 마치고 새벽 3시에 내무반으로 들어왔다. 그런데 점호가 끝나자마자 잠들어서 이제 막 일어났다고?

"뭔 소리를 하는 거예요, 아저씨? 그보다 여긴 어디요?"

도훈의 말에 남자가 어이없다는 듯이 피식 웃으면서 말한다.

"어디긴요. 군대잖아요."

"아니, 나도 아는데 왜 내가 사복을 입고 잠에 빠졌는지……. 그보다 이 사람들은 누구요?"

"아저씨랑 같이 입대한 사람들이외다. 기억 안 나요?"

"……."

할 말을 잃은 도훈이 황급히 자신의 관물대를 뒤지기 시작한다.

미친 듯한 손놀림으로 관물대 안을 열자 그곳에는 이제 막 보급 받은 듯한 새 군복과 다수의 옷가지가 보인다.

특히나 가장 눈에 띄는 것은,

"A급 전투화!"

단 한 번도 신은 적이 없는, 광도 내지 않고 길도 들여지지 않은 완전 새삥 전투화가 도훈의 시야를 가득 채운다.

이건 즉······.

"아니야! 그럴 리가 없어!"

혹시나 하는 마음으로 활동복을 꺼내본다.

역시 전투화와 마찬가지로 완전 새것. 게다가 자신의 이름조차 적혀 있지 않다.

신병이 자대 배치를 받고 전입해 오자마자 가장 먼저 해주는 건 신병의 물품에 관등성명을 적어주는 것. 그것이 도훈이 있던 부대의 전통이자 필수 코스다.

그런데 자신의 활동복에는 이름이 적혀 있지 않았다.

게다가,

"활동화도 완전 새삥이잖아!"

세상에! 2년 동안 닳고 닳은 활동화가 방금 막 공장에서 나온 듯 깔끔함을 자랑하고 있다.

실로 오랜만에 보는 활동화의 깨끗함에 잠시 아찔했지만 도훈은 곧바로 머릿속을 정리하기 시작한다.

사복을 입은 남자들과의 동침,

낯선 내무반,

그리고 새로 보급 받은 듯한 군용품들.

이건 즉…….

"내가… 정말로 이등병이 된 건가?"

엄밀히 말하자면 이등병도 무엇도 아니다. 계급을 따지자면 이제 막 입대한 장정 수준.

"말도 안 된다고! 내가, 내가 이등병이라니!!"

장난으로 말하긴 했지만 그것이 현실이 되었다.

꼬장의 신이라 불리던 말년병장 이도훈.

그가 다시 이등병이 되고 말았다.

"말도 안 돼. 내가, 내가 이등병이라고?"

식은땀을 흘리며 주변을 둘러보던 이도훈의 눈에 무언가가 엇비친다.

손목에 차여 있는 스포츠 시계.

입대하기 전, 멋모르고 훈련소 앞에서 산 싸구려 시계가 도훈의 손목에 차여 있다.

게다가 그 손목시계는 도훈이 일병 때까지만 하더라도 브랜드 명도 모르고 착용하던 무명의 시계다.

"설마… 내가 과거로 돌아간 건가?"

막 민 듯한 까까머리가 도훈의 손바닥을 까칠까칠하게 자극한다.

벽에 걸려 있는 달력을 확인하자 정확히 도훈이 전역하기 전날보다 2년 전이 아닌가.

"틀림없다. 이건 분명 내가 과거로 돌아온 거야!"

원인이 뭘까. 도대체 무슨 해괴망측한 일이 벌어졌기에 자신이 진짜 과거로 회귀하게 된 것일까.

아무리 생각해도 그 원인이 떠오르지 않는다. 간밤에 우연히 별똥별이 떨어질 때 장난삼아 이등병으로 돌아간다고 내뱉은 말이 실제로 벌어지기라도 한 것일까.

설마…….

그거야말로 난센스 중의 난센스. 아무리 인생이 막장이고 말도 안 되는 일이 자주 벌어진다고 해도 이런 일은 있을 수가 없다. 아니, 있다고 해도 왜 하필 자신한테 그런 불행한 일이 벌어진단 말인가.

평상시에는 별똥별한테 소원을 주구장창 빌어도 이뤄주지도 않더니 왜 이런 진심도 담기지 않은 소원 따위를 들어줬는지 모르겠다.

"아, 진짜 미치겠네!!"

머리를 박박 긁으며 괴로워하기 시작한다.

나가서 아무나 붙잡고 말해볼까? 사실 자신은 2년 후의 미래에서 온 인물이라고.

하지만 누가 믿어줄까. 믿을 사람이 있을까. 지금 당장 말이라도 해볼까. 안 하는 것보다는 나을 테니까.

그러나 상식적으로 생각해 봐도 전혀 가능성이 없을 거란 생각에 도훈은 머리를 절레절레 흔들었다.

어차피 말해봤자 아무도 믿지 않을 것이다. 믿어주는 건 오로지 당사자인 자신뿐.

"…그래, 일단 잠이나 자자. 혹시 자각몽일 수도 있으니까 자고 일어나면 꿈에서 깨어날 수도 있잖아?"

희망을 안고 잠을 청하기 위해 다시 눕는다. 훈련소라 그런지 베개는 축 늘어져 푹신한 감촉조차 없다.

불과 얼마 전까지만 하더라도 꼬장의 신이라 불리며 A급 매트리스, 베개, 모포, 포단 등은 전부 자신의 것이었는데, 지금은 훈련소에서 닳고 닳은 썩어빠진 폐급을 사용하고 있다.

"냄새나 죽겠네."

짜증 섞인 목소리와 함께 눈을 감으며 서서히 잠에 빠져들기 시작한다.

그렇게 말년병장 이도훈은 훈련병으로서의 첫날밤을 보내게 되었다.

*   *   *

"이런 젠장!!!"

자고 일어나자마자 제일 먼저 내뱉은 첫마디다.

삐-삐, 삐-삐-삐!

익숙한 기상나팔 소리를 들으며 반사적으로 상반신을 일으킨 도훈은 거칠게 자신의 까까머리를 긁적이며 달력을 본다.

여전히 2년 전.

바뀐 건 하나도 없다. 꿈은 개뿔. 루시드 드림이니 뭐니 하는 건 개나 줘버려야 할 팔자다.

"이런 좆같은 상황을 봤나! 씨발! 내가 전생에 무슨 죄를 지었다고 이 지랄이야!"

누구한테 불만을 토로하는지 본인도 모르지만, 욕지거리를 내뱉지 않고는 지금 이 상황에서 쌓여만 가는 스트레스를 풀 방법이 없다.

영문도 모른 채 이등병도 아닌, 이등병 이하 계급인 장정이 되어 있을 줄이야.

이등병 마크조차 달지 못한 현역병으로서의 둘째 날 아침이 밝아왔다.

부스스 일어난 훈련병들이 어리바리한 모습으로 포단과 모포를 접는다. 이도훈은 123번. 자신의 옆에 있는 훈련병은 자연스럽게 124번이다.

"……."

명찰에 적혀 있는 이름은 김철수.

흔해 빠진 이름이라 기억하는 게 아니다. 이도훈이 2년 전 과거 훈련병 시절 때도 만난 녀석이기에 기억하고 있는 것이다.

덩치는 좋아 보이지만 의외로 체력이 약한 김철수란 녀석은 성격 하나는 정말 좋다. 그리고 은근히 전우애도 가지고 있는 녀석이다.

훈련병 시절 때 친하게 지내던 동기 중 하나이기에 특별히 기억에 남는 녀석이다.

결론은 친해져서 나쁠 것 없는 동기.

"옆자리인데, 친하게 지냅시다."

도훈이 먼저 손을 내밀며 악수를 청하지만, 철수는 아직 잠이 덜 깼는지 어기적어기적 군복을 갈아입으며 고무링을 발에 끼우는 중이다.

주변을 둘러보니 다른 훈련병들도 마찬가지다. 아직 군복이 익숙하지 않아서 헤매는 느낌이 생활관 내에 강하게 풍긴다.

기상 시간 이후로 10분이나 지났는데도 불구하고 아직까지 군복조차 입지 못한 녀석들도 있다.

이 생활관에서 유일하게 군복을 다 입고 전투화까지 신은 사람은 이도훈뿐.

꼬장의 신이라 불리며 계급은 병장이었다. 병장이면 짬밥 생활만 1년 반을 넘겼다. 이미 사병 군 생활의 정점을 찍은 도훈이었기에 기상 시간은 물론이요, 점호 같은 건 껌 씹는 것보다 쉽다.

다만 귀찮을 뿐.

"후아암."

악수를 청한 손을 거둬들이고 다리를 꼰 채 삐딱하게 전투모를 쓰고 바닥에 눕는다. 말년병장 그대로의 모습.

그러나 운이 나빴던 것일까. 마침 생활관 복도를 지나가던 조교가 도훈을 목격하게 된다.

"123번 훈련병! 지금 뭐하는 겁니까!"

"아, 진짜 일병 주제에 감히 뭐라……."

오히려 버럭 소리를 치려다 순간 말문이 막힌 도훈은 머릿속으로 지금의 이 상황을 재빨리 떠올린다.

자신은 계급도 없는 훈련병, 그리고 상대는 사병에 아직 짬밥 냄새가 진하게 풍겨오는 일병이긴 하지만 조교다. 훈련병에게 있어서 조교는 두려움의 대상이다.

분을 삭이며 어쩔 수 없이 각 잡은 자세로 돌아온 도훈이 최대한 목소리를 짜내며 외친다.

"죄송합니다, 조교님!"

"군인처럼 행동합니다. 알겠습니까?"

"네, 알겠습니다!"

도훈을 노려보다 이내 다시 소리를 버럭 지르며 다른 훈련병을 혼내기 위해 자리를 뜬다.

조교의 뒷모습을 바라보며 도훈이 속으로 피식 웃으며 '군 생활 짬밥 헛수고로 먹은 거 아니다' 라는 시선을 던져준다.

짬밥으로 따진다면 저 조교보다 두 배는 더 많이 먹은 도훈이기에 여유로운 대처가 가능했던 것이다.

"쳇. 일병 찌끄레기 주제에."

사재 전투모도 아닌 걸 쓰려니까 몸이 절로 거부한다.

그러나 어쩌겠는가. 아무도 믿어주지 않는데 훈련병 생활에 따르는 수밖에.

가볍게 화장실에 들렀다가 연병장에 줄을 서고 점호를 받기 시작한다. 도훈이 속해 있는 소대는 2소대 3분대. 운이 좋은 것인지 분대장과 부분대장은 떠맡질 않았다.

"2소대 보고!"

"보고!"

소대장이 거수경례를 하며 중대장에게 총원과 열외를 보고한다. 어제가 입소 일이고 오늘이 둘째 날이기에 열외 자는 무(無).

애국가를 부를 뿐만 아니라 국군 도수체조까지 마치고 나서 다시 생활관으로 돌아온다.

식사 집합을 하기 전에 간단하게 세면, 세족 시간을 가지고 식당을 향해 오와 열을 맞춰간다.

간만에 발을 맞춰가야 하는 도훈의 입장에서는 사실 다른 동기들과 발을 맞춰서 걷는 것쯤이야 식은 죽 먹기지만, 문제가 있다면 도훈의 별명이 '꼬장의 신' 이라는 것이다.

귀찮아 죽겠다는 생각뿐이고, 깔깔이만 입은 채 혼자서 식당으로 뛰어가서 가장 먼저 식사를 하고 싶은 기분이지만 현실 불가능한 일이다. 그런 짓을 하자마자 바로 간부들에게 무슨 욕을 먹을지 모르기 때문이다.

게다가 오늘 아침은 바로,

"구, 군데리아!"

그나마 다행이라고 해야 하나. 똥국에 맛대가리 없는 생김치만 나오는 것보다 그나마 먹을 게 있는 군데리아가 훨씬 더 좋을지도 모른다.

물론 말년 정도 되면 군데리아는 지겨워서 먹고 싶지도 않다. 패티 냄새만 맡아도 느글거려 올라올 것 같은 기분이 들 정도니까 말이다.

"건플레이크라도 먹고 싶은데."

꼬불쳐 놓은 건빵도 없다. 설사 있다 하더라도 먹는 것은 불가능하다. 먹는 순간 군기교육대로 직행할 수도 있으니까.

익숙하게 달걀을 으깨고 샐러드와 패티를 얹어서 빵을 놓고 먹는 도훈과 다르게 다른 훈련생들은 말로만 듣던 군데리아를 어떻게 조리해야 좋을지 몰라서 우왕좌왕한다.

"으아, 이게 머시다냐."

자신의 옆 번호인 김철수 역시 마찬가지다. 군데리아는 사회에서 많이 들어보긴 했지만 정작 실물은 처음이기 때문이다.

이론과 실전은 다르다.

제아무리 군데리아라 할지라도 얕보지 말아야 한다. 왜냐하면 어떻게 조리하느냐에 따라 달라지니까.

"으휴, 아침부터 참 좃같구만."

빵 봉지를 접어 식판 위에 던져놓은 도훈은 일찌감치 식사를 마치고 우유로 마무리 원샷을 한다.

자신의 기억을 더듬어보면 훈련소 1주차는 정신교육 주간일 터.

"졸음과의 싸움이다!"

몸은 편하지만 정신은 가장 피곤한 주간에 돌입하게 되는 것이다.

정신교육 주간에 돌입하기 전에 퇴소를 할 장정이 있는지 신체검사를 하는 주간이 계속 진행되는 중이다. 다들 짬밥의 'ㅉ' 자도 모르는 민간인 현역들인지라 제식 동작이라든지 군대식 단어 사용법에 매우 어수룩한 모습을 보여준다.

"진짜 이런 새끼들이랑 훈련소에서 훈련병으로 생활해야
하냐."

그래도 계속 지내다 보면 이 악몽이 끝날지도 모른다. 도훈
은 이게 아직도 꿈이라고 생각하며 훈련병 생활에 임할 뿐 자
신이 진짜로 2년 전 훈련병으로 타임리프를 했다고는 생각하
지 않는다.

그래, 이건 꿈이다.

도훈의 마음속에는 아직도 희망의 끈(?)이 남아 있는 중이
다.

그러기 위해서는,

"우선 최대한 일반 훈련병처럼 행동해야 한다."

조교와 간부들의 눈에 들면 고통스러워지는 건 자신뿐이
다.

그렇다면 일찌감치 훈련소 생활에 어려움이 없을 정도로
기반을 닦아둬야 한다.

가장 현명한 방법은 눈에 띄지도 않으며, 그렇다고 욕을 먹
을 정도로 행동하지 않는 것.

뭐든지 적당히 해야 한다. 특히나 군대는 더더욱 그게 심하
다. 너무 잘해도 문제고 너무 못해도 문제다. 중간만 가면서
묻혀 지내면 2년은 고생 없이 보낼 수 있을 것이다.

그게 바로 도훈의 군 생활 철칙!

묻혀 사는 인생이 되어야 한다!

"하지만 이 많은 걸 다시 작성하라니… 대뇌의 전두엽까지 짜증이 치솟는구만."

생활관에 나란히 앉아서 신상명세서 작성, 뭐 작성, 작성, 작성만 열나게 하는 중이다. 그리고 신체검사, 또 작성, 신체검사, 작성.

이놈의 훈련소 생활은 왜 초장부터 진을 다 빼놓는지 모르겠다는 생각을 하며 도훈은 점심과 저녁 시간을 마치고 나서 불침번 명단을 받아본다.

1시부터 2시까지.

거의 취침 시간과 기상 시간 중간 부분에 배치된 자신의 불침번 순서에 치가 떨리지만 그래도 불침번을 안 설 수도 없다.

저녁 9시까지 진행된 신체검사와 각종 검사가 끝나고 나서야 퇴소자가 결정되고, 현역으로 입대할 예비 이등병들이 각자의 출발선에 들어서게 된다.

특히나 같은 생활관에 군인으로서의 적성이 맞질 않아 조기 퇴소 명령을 받은 동기의 헤픈 웃음이 다른 훈련병들에게는 부러움의 대상으로 느껴질지도 모른다.

하지만 생각해 보라.

다시 재검을 받고 현역 판정을 받아 또 이곳에 와야 한다는 사실을.

차라리 여기서 그냥 현역으로 가는 것이 훨씬 편할지도 모른다.

"점호 10분 전!"

"점호 10분 전!"

조교의 말에 따라 복명복창하는 훈련병들이 부산스럽게 마룻바닥에 오와 열을 맞춰 양반다리를 하고 허리를 꼿꼿하게 세우며 앉는다.

도훈 역시도 각을 잡고 앉는다. 이등병들 괴롭히며 느긋하게 점호를 받던 때가 엊그제 같은데 지금은 이등병 찌끄레기보다도 더 아래인 장정 계급으로 점호를 받게 된 것이다.

옆에 있는 김철수는 잔뜩 긴장했는지 미세하게 손까지 떨고 있다.

"짜식, 겁먹었냐?"

도훈이 가볍게 철수의 등을 치며 말한다.

"걱정하지 마. 점호가 뭐가 무섭다고."

"……?"

"통성명이나 하자고. 어차피 훈련소에서 같이 지낼 사이잖아?"

아침에 나누지 못한 인사를 마저 나눈다. 도훈의 여유로움에 의아함을 느끼면서도 동시에 말상대가 있다는 건 철수로서도 나쁘지 않을 거란 생각에 손을 마주 잡아준다.

"난……"

"김철수. 나랑 스물한 살 동갑이잖아."

"어? 어떻게 알았어?!"

"그야 명찰에 적혀 있으니까."

"명찰에 나이까지 적혀 있진 않은데?"

"……."

아차!

속으로 자신의 우둔함을 탓한다.

2년 전으로 돌아온 자신은 김철수와 친한 동기였기에 나이나 성격도 잘 알고 있다. 하지만 김철수는 도훈에 대해서 지금 이 당시에는 전혀 모르는 상황이다. 왜냐하면 이들은 입대하고 나서 훈련소에서 첫 만남을 가졌기 때문이다.

"그, 그거야… 보통 스물한 살이나 스물두 살에 입대하잖아. 빠르면 스무 살이고."

"그런가?"

"그러엄! 눈치가 그렇게 없어서야 자대에서 선임한테 이쁨받을 수 있겠냐."

머리를 긁적이며 '내가 그렇게 눈치가 없나?' 하는 표정으로 도훈을 바라보는 김철수.

사실 군대 말고도 회사나 사람들이 단체로 모여 있는 곳에

선 눈치가 빠르단 점은 이득이 된다. 상대방이 무엇을 원하는지, 그리고 무엇을 싫어하거나 누가 나에게 도움이 되는 사람인지 미리 파악해 두면 사회생활, 혹은 군대생활이 편해진다.

그러나 철수는 눈치가 빠른 것과는 거리가 먼 청년. 오히려 순박하고 우직한 성격이라고 표현하는 편이 더 좋을 것이다.

게다가 산만 한 덩치에 어울리지 않게 운동신경도 비교적 평범하니까 말이다.

'쯧쯧. 군대에서 이쁨 받기 다 틀려먹은 놈이구만.'

하지만 아직 포기하긴 이르다.

"군대에서 잘해야 하는 게 세 가지가 있다는 거 알고 있냐?"

"그게 뭔데?"

"바로……."

말을 하려는 순간, 조교의 우렁찬 외침이 도훈의 입을 막는다.

"부대 차렷!"

절로 펴지는 허리. 생활관에 긴장감과 더불어 아직 점호라는 것이 뭔지도 모르겠다는 식의 어리둥절한 눈빛들이 서로 교차된다.

당직사관이 생활관을 차례로 돌아보며 훈련병의 상태를 점검한다.

아직까지 별다른 훈련도 받지 않았음에도 불구하고 벌써부터 감기몸살이니 뭐니 하는 핑계가 난무하는 상황. 도훈은 속으로 저런 녀석이 내 후임으로 들어왔다면 바로 '내 밑으로 집합'이라고 했을 것이란 생각을 해본다.

하지만 불행하게도 도훈 역시 이들과 다르지 않은 훈련병이다. 게다가 번호도 외우기 쉬운 123번.

훈련 과정 같은 건 이미 말년인 도훈에게 있어서 애들 장난 수준에 불과하다.

"충성!"

"충성."

당직사관이 조교의 보고를 받으며 생활관 내부를 둘러본다. 청소 상태 겸 건강 상태 체크. 도훈의 옆을 지나가는 당직사관이 유독 도훈에게서 풍겨오는 정체 모를 내공(?)을 느꼈는지 고개를 갸우뚱하며 묻는다.

"123번 훈련병."

"123번 훈련병 이도훈!"

"자네 혹시 재입대했나?"

"아닙니다! 처음으로 입대했습니다!"

재입대라는 말에 훈련병 몇몇이 풋 하고 웃는다. 그러자 조교의 눈이 순간 섬뜩함을 발휘하게 되는데.

훗날 이들은 취침 시간이 지나고 나서 따로 조교들에게 얼차려를 받았다는 전설이 내려져 온다.

"음, 그런가."

뒷짐을 지고서 유심히 바라보던 당직사관이 점호를 마치려는 듯이 돌아가려다 말고 갑자기 발걸음을 멈춘다.

"조교, 실행해!"

"알겠습니다!"

라고 외치면서 갑자기 조교가 벽에 걸려 있는 무언가를 미리 준비하고 있던 천으로 가린다.

그러고 나서 당직사관이 갑자기 외치기를,

"훈련병들 중에 생활관을 오가며 본 저 액자를 기억하고 있는 사람은 거수!"

"……?"

영문을 모르겠다는 듯이 서로 눈치를 보기 시작하는 훈련병들.

김철수 역시도 생활관을 자주 왔다 갔다 하긴 했지만, 액자에 걸려 있는 무언가를 유심히 본 적이 없어서 제대로 기억을 하지 못한다.

그러나 도훈은 정확하게 기억하고 있다.

아니, 잊으려야 잊을 수가 없다.

그러나 쉽사리 손을 들진 않는다. 왜냐하면 이도훈식 군대 철칙 중 하나인 '적당히가 최고!' 를 실천하고 있기 때문이다.

괜히 여기서 사람들의 주목을 받아봤자 무슨 소용 있겠는가.

'적당히가 최고다. 괜히 저런 거에 나서봤자…….'

"만약 알고 있는 훈련병이 있다면 일 회에 한해서 PX를 이용하게 해주겠다!"

"123번 훈련병 이도후우우운!!"

그것은 마치 빛과 같았으며, 밤하늘에 떠 있는 초승달보다도 날카로웠으며, 그리고 그 어떠한 외침보다도 우렁찼다.

같은 생활관뿐만 아니라 바깥까지 쩌렁쩌렁하게 울릴 만한 이도훈식 군대 외침, 사자후(獅子吼)가 발동된 순간이다.

"그래, 한번 말해보게."

"복무신조입니다!"

"역시 내 눈이 틀리지 않았군."

당직사관은 그럴 줄 알았다는 듯이 흐뭇한 미소로 123번을 바라본다.

속으로 뒤늦은 후회를 하는 도훈이지만, PX의 유혹은 뿌리치기 힘들었다. 말년 때도 식당보다 PX를 더 자주 애용하던 단골이었으니까 말이다.

PX 단골손님 이도훈에게 있어서 PX 이용권은 군대 내에서 매우 참기 힘든 유혹 중 하나다. 아마 젊은 여자들이 면회 오는 것을 구경하는 것과 거의 동급 수준일 것이다. 성욕과 식욕은 인간의 3대 욕망이기도 하니까 말이다.

후회가 되긴 하지만 그래도 PX를 이용할 수 있게 되었다는 생각에 도훈의 얼굴에는 절로 미소가 그려진다.

그러나,

"아직 기뻐하긴 이르지."

당직사관이 사악한 미소를 지으며 2차 난관을 부여한다.

"복무신조를 다 외우고 있는가?"

"……!"

예상치 못한 2차 공격이 감행되었다.

하지만 이도훈이 누구인가. 겉으로 보기에는 어제 막 입대한 초짜 신병처럼 보일지 몰라도 짬밥만 근 2년을 먹은 말년병장이다.

복무신조 따위는 노래 가사처럼 외울 수 있는 수준이다.

"물론입니다!"

"전부 다?"

"그렇습니다!"

"어디 한번 해보게."

"복무신조! 우리는 국가와 국민에 충성을 다하는 대한민국 육군이다! 하나, 우리는 자유민주주의를 수호하며 조국 통일의 역군이 된다. 둘, 우리는 실전과 같은 훈련으로 지상전의 승리자가 된다. 셋, 우리는 법규를 준수하고 상관의 명령에 복종한다. 넷, 우리는 명예와 신의를 지키며 전우애로 굳게 단결한다. 이상입니다!"

"모두 박수!"

짝짝짝!!

우레와 같은 함성과 더불어 박수 소리가 도훈을 축하해 준다.

지금 이 순간 도훈의 눈앞에는 오로지 PX만이 보일 뿐이다.

전 소대, 아니, 이번 기수를 통틀어 아무도 말하지 못한 군대 깜짝 퀴즈, 복무신조를 외워봐 코너에서 유일한 정답자로 인정받게 된 이도훈.

정신교육 주간이 끝나고 주말을 통해서 일회 PX 이용권을 보장받게 되었다.

"흐흐흐, 역시 군대는 요령이지. 설마 복무신조가 이럴 때 도움이 될 줄이야."

매트리스 위에 모포를 깔고 자리에 누운 도훈이 승리의 미소를 실실 흘린다.

여기저기서 도훈을 보며 부럽다는 시선으로 바라보고 있지만 도훈은 아무것도 아니라는 듯이 피식 웃으며 가볍게 눈을 감는다.

새벽 1시에 기상해서 불침번을 서야 하기에 잠은 최대한

빨리 자두는 것이 좋다.

"그나저나……."

눈을 뜨고 나면 다시 말년병장으로 돌아오지 않을까 하는 헛된 희망도 잠시 품어보는 도훈이다.

지금 이 모든 상황이 지독한 악몽이었으면 얼마나 좋을까.

＊　　　＊　　　＊

"혹시나 했는데 역시나구만."

전번초 불침번이 도훈의 어깨를 툭툭 건들며 깨운다. 눈을 뜬 순간 자신의 관물대에 걸려 있는 훈련복과 까칠한 머리카락을 만지작거리면서 절로 한숨을 내쉰다.

어쨌든 그건 그거고 이건 이거.

지금 당장 앞에 펼쳐진 시련부터 극복해야 한다.

그 시련이란 바로 불침번.

전투복을 입고 전투모까지 쓰고 나서 같은 불침번인 124번 김철수와 근무 교대 보고를 한다.

전번초와 후번초가 나란히 서서 거수경례를 하고 교대 신고를 하자, 당직사관이 연신 하품을 늘어놓으며 말한다.

"중간에 기습으로 순찰 돌 수도 있으니까 누워서 자거나 하지 마라. 걸렸다간 바로 군기교육대니까."

"예, 알겠습니다."

"그럼 근무 투입."

"투입!"

2생활관 안으로 들어가자마자,

"어이쿠, 이런."

곧바로 마룻바닥에 엉덩이를 걸터앉는 이도훈.

기겁하며 철수가 황급히 도훈에게 그러지 말라는 듯 말한다.

"그러다가 걸리면 어쩌려고?!"

"야, 인마, 군대는 뭐든지 안 걸리면 장땡이야. 괜히 쫄지 말고 너도 앉아 있어. 조교나 당직사관이 오면 바로 신호 줄 테니까."

"신호를 준다니… 오면 알 수 있어?"

"그야 당연하지."

이 훈련소 건물의 바닥은 대리석으로 되어 있다. 그리고 군인들은 개인 정비 시간이 아닌 이상 전투화를 착용하고 있다.

전투화의 굽과 대리석의 마찰 소리 정도는 도훈의 귓가에는 우습게 들리는 수준에 불과하다.

'2년 짬밥을 무시하지 말라고.'

속으로 피식 웃으며 자신의 내공(?)을 자랑해 보는 도훈이지만, 철수가 알아들을 리가 없다는 생각에 침묵으로 일관한다.

"아! 이 더러운 군대, 짜증나 죽겠네."

아주 익숙하게 주머니 속에 손까지 넣고 다리를 꼰 채 벽에 기대고 전투모까지 벗는다.

반면 김철수는 어정쩡하게 앉은 자세에서 안절부절못하는 태도로 일관하며 문 바깥에 시선을 고정시키고 있다.

전형적인 신병의 자세!

이제 막 입대한 신병의 과장된, 그리고 자신은 아무것도 모르는 풋내기에 불과하다는 것을 대놓고 광고하는 것과 마찬가지다.

"근데 너 말이야."

철수가 살짝 도훈에게 곁눈질을 하며 묻는다.

"어떻게 그… 복무 뭔가… 그걸 외운 거야?"

"그거야 기본… 아니, 그냥 우연히 지나가다가 보고 외운 거야."

2년 동안 외운 것 중 하나이기 때문에 모르는 게 비정상이다. 하지만 도훈은 중간에 괜히 오해 받기 싫어서 말을 바꾸고 만다.

도훈의 놀라운 기억력이 놀랍다는 듯이 눈을 동그랗게 뜬 순박한 청년 김철수가 머리를 긁적이며 말한다.

"좋겠다. 나는 그런 거 전혀 못하겠던데."

"뭐를?"

"눈치가 빠르다느니… 기억력이 좋다느니… 전혀 장점이 없으니까."

"……."

"사회에 있을 때도 그랬어. 덩치는 산만 한데 할 줄 아는 건 아무것도 없고, 그렇다고 딱히 사회생활을 잘한다든가 그런 것도 아니어서… 그냥 이리저리 아무것도 안 하다가 입대하라고 해서 온 기분이고. 어중이떠중이라고 할까."

군대에 오고 나면 남자들은 언제나 다른 관점으로 자신을 돌아보게 된다.

입대하기 전의 자신의 모습, 그리고 입대하고 난 이후의 자신의 모습.

군대는 이렇게 사람을 바꿔간다.

"쳇, 재미없는 녀석이구만."

괜히 분위기만 우울해진 게 마음에 들지 않는 도훈이 혀를 차면서 상반신을 일으킨다.

"처음부터 그렇게 우울한 마음을 가지고 군대 생활에 임하면 너만 스트레스 받는다."

"긍정적으로 생각할 수 있는 환경이 아니잖아."

"뭐가 아니야, 인마. 남들이 군대 좆같다, 개 같다 해도 군대도 사람 사는 곳이야. 2년 동안 똑같은 장소에서, 같은 천장에서 동고동락 해봐라. 안 친해지려야 안 친해질 수가 없어."

도훈의 머릿속에 떠오르는 몇몇 얼굴.

입에서 욕이 나올 정도로 또라이 같은 선임도 있었고, 소위 말해서 고문관이라 불리던 후임도 있었지만 그래도 전부 나쁜 사람들만 만난 것은 아니다.

전우애.

우스갯소리로 하는 말이긴 하지만, 실제로 사병들은 전우애 이상을 느끼는 경우가 간혹 존재하긴 한다.

전역을 하고 사회에 나가서도 볼 친구들을 군대를 통해 얻는 것이다.

"그리고 군대를 전역하면 '난 자랑스럽게 2년을 버텼다, 씨발 새끼들아!'라고 당당하게 어깨 펴고 다닐 수 있잖아. 특히 현역들 앞에서는."

"그런 거야?"

"인마, 우리 입대하기 전에 예비역들이 얼마나 우리를 속으로 깔봤겠냐. 전역하면 네가 그 기분을 느끼는 거라고. 어디 2년 동안 좆뺑이 한번 쳐봐라. 그런 식으로 승리감을 느끼는 거지."

"잘 모르겠는데."

"전역하면 알아."

물론 도훈도 그 기분을 정확하게 알지는 못한다.

왜냐하면 도훈도 전역을 하진 못했으니까. 전역 바로 직전에 지금과 같은 상황에 처했기에 따지고 보면 예비역 전이다.

"그러고 보니까……."

철수가 뭔가 할 말이 있는지 도훈에게 말을 건다.

잠깐 눈 좀 붙이려고 했지만, 철수의 이런 행동 때문에 전부 무산이 된 도훈은 거칠게 머리를 긁적이며 퉁명스럽게 대답한다.

"뭐야?"

"아까 말해주려던 그 세 가지 말이야."

"군대에서 잘하면 되는 세 가지?"

"응. 그것 좀 미리 알 수 있을까 해서."

"그거야 뻔하잖아."

다시 한 번 크게 하품을 내뱉으며 어수룩한 철수를 위해 또박또박 한 글자씩 강조해 말해준다.

"노가다, 축구, 암기."

이도훈식 군대 철칙 그 두 번째.

노가다, 축구, 암기만 잘하면 된다.

"노가다는 말 그대로 막노동이야. 삽질이나 곡괭이질, 톱질만 잘하면 그만이지. 혹여나 납땜이나 이런 고급 기술을 가지고 있는 사람은 공병 같은 특수 보직으로 포상휴가를 받을 수 있어."

"하지만 난 그런 거 못하는데."

"그럴 거 같았어, 자식아. 손에 굳은살도 없는 녀석이 무슨 노가다야. 그리고 너, 암기도 못하잖아."

"못하긴 하지만……."

"자대에 들어가자마자 가장 먼저 해야 하는 건 선임 이름, 얼굴 외우는 거야. 그리고 누가 실세인지 파악하는 것도 중요하지."

생활관 실세.

이등병에게 있어서 가장 무서운 존재 중 한 명인 생활관 실세에게는 특히 잘 보여야 한다.

"그리고 마지막으로 축구. 이거 하나만 잘해도 완전 대박이지. 너, 축구 잘하냐?"

"어느 정도 하긴 하는데……."

"못하지만 않으면 돼. 어차피 이등병 때는 수비나 맡으면서 공 오면 무조건 병장이나 상병한테 패스만 잘해주면 되니까. 그리고 졸라 열심히 뛰어다니면 된다고. 간단하지?"

"으, 응. 간단하네."

"잘 기억해 둬, 새끼야. 나중에 자대 가서 욕먹지 말고."

도훈이 기억하는 바로는 철수와 같이 자대에 가지는 않는다. 오로지 훈련소 친구. 동기이긴 하지만 자대에 배치되지 않는 이상 어차피 남남이다.

그렇기 때문에 처음 도훈이 눈을 떴을 때 철수를 보고도 잘 기억이 안 나 긴가민가했던 것이다.

그러나 과연…….

'2년 전으로 돌아온 이 시대에도 똑같은 형태로 시간이 흐를까.'

철수가 자신과 같은 자대로 배치될 확률도 존재하지 않을까 하는 생각을 하게 된 것이다.

물론 자신이 악몽을 꾸고 있는 것인지, 아니면 정말로 과거로 돌아왔는지는 잘 모른다. 하지만 자신이 기존의 과거와 다른 행동을 취하게 된다면 앞으로의 미래도 바뀌게 될지도 모른다는 하나의 가설을 세우게 된 것이다.

그리고 그 예상의 징조는 벌써부터 등장하고 있었다.

또각또각.

"누가 온다!"

"뭐?!"

도훈의 말에 황급히 자리에서 일어나는 철수가 긴장한 표정으로 불침번 근무를 서는 척한다.

첫 번째 불침번에 기습 순찰이라니.

훈련소 기억은 어렴풋하지만, 자신이 첫 번째로 선 근무는 대략적이나마 기억하고 있다.

'분명 내가 알고 있는 바로는…….'

2년 전에는 순찰을 오는 조교나 당직사관은 없었다.

분명 도훈이 첫 근무를 설 때 기습 순찰 같은 건 없었다.

그렇다면 시간이 2년 전과는 다르게 흘러간다는 의미일까.

애초에 자신이 복무신조 퀴즈를 맞힌 순간부터 과거와는 다른 노선을 타게 된 새로운 미래가 시작된 것일지도 모른다.

사소한 행동이지만 그 사소한 행동이 누군가에게 영향을 미치게 되면서 점점 거대한 물결로 변화하는 걸 '나비효과'라고도 하지 않는가.

"복무신조 하나 맞혔다고 기습 순찰이라니 재수도 없구만."

하지만 도훈에게 있어서 이러한 기습 순찰은 위기 축에도 끼지 못한다.

2년 동안 짬밥을 먹어오면서 수많은 검열을 받아온 도훈이기에 훈련소 수준의 기습 순찰 따위는 웃으면서 받아칠 수 있다.

이렇게 여유로운 도훈과는 반대로,

"어, 어떻게 하냐?! 뭐라고 하지?!"

"입 좀 다물고 있어, 새끼야. 내가 다 알아서 할 테니까."

천천히 자리에서 일어서며 가볍게 전투모를 쓰고 옆에 놔둔 인원 보고 현황판을 집어 든다.

그리고 도훈의 청각이 경고한 그대로 복도의 불빛과 함께 생활관 내부로 들어오는 당직사관의 모습이 보인다.

"충성."

"음."

취침 시간이기 때문에 작은 목소리로 구호를 외치며 가볍게 거수경례를 하는 도훈의 센스 있는 태도가 마음에 들었는지 교관이 힘있게 고개를 한번 끄덕인다.

"그래, 별다른 문제는 없고?"

"예. 실내 온도도 적정 수준으로 유지하고 있으며 특별한 환자도 없습니다."

"온도 체크도 했나?"

"쌀쌀한 겨울 날씨에 온도 체크는 기본입니다. 마침 실내에 온도기도 있어서 인원 보고 현황판에 체크도 해뒀습니다."

"훌륭하군. 훈련병치고는 꽤나 센스가 좋구만."

사실 자대에서 매번 불침번과 당직을 설 때는 실내 온도 체크는 기본이다. 특히나 여름도 아니고 겨울일 경우에는 보온에 신경 써야 하는 것이 정상. 매번 사단 지시 사항으로 온도를 매시 보고하라는 상황실의 연락을 받을 때마다 도훈의 얼굴에 짜증이 일어났던 과거의 기억이 지금 훈련병 시절에도 큰 도움이 되고 있는 것이다.

"이것 참, 이번 기수는 예상외로 엘리트가 꽤 있구만."

"감사합니다."

"그래, 그럼 근무 잘 서고."

훈련병의 태도에 기분이 좋아졌는지 별다른 말 없이 다시 돌아서며 행정반으로 향하는 당직사관.

뒷모습을 바라보며 마지막 거수경례까지 잊지 않은 도훈이 문이 닫히자마자 전투모와 인원 보고 현황판을 침상 위로 던진다.

"아, 귀찮아 죽겠네."

그러고서 다시 과감하게 착석.

하지만 지금까지 이 모든 광경을 지켜보던 철수가 도훈을 경외시하는 눈빛으로 바라보며 말한다.

"너, 너, 짱이다! 굉장한데?"

"기본 아니냐, 이런 건."

"그게 뭐가 기본이야? 다른 사람들은 불침번 근무가 처음이라면서 긴가민가하던데 넌 아무렇지도 않게 다 소화하네. 당직사관님 말씀처럼 진짜 군대 한두 번 갔다 온 사람인 것 같아."

사실 이번으로 두 번째지만 철수가 그 사실을 알 리가 없다.

철수의 연속된 이도훈 찬양에 본인도 지쳤는지 싸구려 스포츠 시계의 야광 버튼을 누르며 시간을 체크한다.

"다음 불침번 녀석들이나 깨워. 빨리 자기나 하자."

"알았어."

첫 근무를 무사히, 아니, 오히려 칭찬으로 마무리 지은 게 기분이 좋아졌는지 철수가 다음 불침번들을 깨우러 간다.

"그나저나."

역시 병장 짬밥의 위력인 것일까.

훈련소에서도 의도치 않게 벌써부터 두각을 드러내기 시작한 도훈은 애매한 기분이 들 수밖에 없었다.

자신도 처음에는 다른 훈련병들과 마찬가지로 어수룩하면서 아무것도 모르는 초짜였다. 그런데 지금은 사병들 중에서도 완벽한 군 생활 지식을 지니고 있는 병장 마인드가 도훈의 머릿속에 각인되어 있다.

마음만 먹으면 여기에 있는 사병들보다도 훨씬 더 군 생활을 잘할 수 있는 도훈이지만,

'중간만 가는 게 최고지. 암, 그렇고말고.'

이도훈식 군대 생활 철칙은 하루아침에 쌓인 것이 아니었다.

2장
PX를 노리다

　아침에 일어나자마자 점호를 마친 뒤 들려온 충격적인 사실 하나.

　"오늘 아침 식사를 마치고 입소식 준비를 거행한다."

　'이런 젠장!!'

　중대장의 선언에 혼자만의 생각으로 비명을 내지르는 이도훈이 머리를 감싸 쥐며 괴로워하기 시작한다.

　'이제 본격적인 훈련병인가! 씨발! 이 좆같은 악몽은 언제 끝나는 거야!!'

　매번 불만을 늘어놔도 들어줄 이 누가 있겠는가.

현역 부적합 판정, 혹은 재검 판정을 받고 퇴소한 일원을 제외하고 현역 판정을 받은 장정들은 연병장으로 모이기 전에 각자 장구류부터 배정 받게 된다.

방탄 헬멧, 군장, 반합, 야전삽, 탄띠, 그리고 하이라이트라 할 수 있는 물건을 받아 든 훈련병들의 표정은 제각각이다.

"이, 이게 말로만 듣던……."

철수가 덜덜 떨리는 손으로 자신이 지금 무엇을 들고 있는 지조차도 믿기지 않는다는 눈빛으로 말한다.

이름하여 총!

정확히 말하자면 K-2를 받아 든 철수는 온몸으로 '저 지금 긴장하고 있습니다!' 라는 아우라를 마구 뿜어낸다.

물론 다른 훈련병들도 다를 바가 없다. 미묘하게 다르긴 하지만 침을 꿀꺽 삼키는 표정이라든지, 아니면 예상외로 무거운 총의 무게감에 제법 놀란 훈련병도 더러 보인다.

유일하게 평정심을 유지하는 훈련병은 딱 한 명뿐이었으니.

"K-1도 아니고 하필이면 K-2냐. 개머리판도 불편해 죽겠네."

아주 익숙하다는 듯이 개머리판을 멋대로 접었다 폈다 하며 총의 상태를 점검한다.

"총기 손질 봐라. 씨발. 여기 조교들은 관리를 어떻게 하기에 총열에 먼지가 한가득이냐. 근무 태만 아니야, 이거? 확 국방부에 신고 넣어버릴까 보다."

같은 군인이라 해도 도훈에게 자비를 바라면 안 된다. 왜냐하면 전직 꼬장의 신이었으니까 말이다.

생활관으로 총을 가져온 훈련병들. 그러자 조교가 들어오자마자 총기수입 교육을 시작한다.

"우선 이 버튼을 눌러 분리한 다음 총열을 빼고……."

지루하게 이어지는 조교의 수업. 훈련병들은 하나도 모르겠다는 얼굴로 어안이 벙벙하지만 도훈은 지루함의 극치를 느끼는 듯이 연신 하품을 해댄다.

그게 마음에 안 들었을까.

"123번 훈련병."

"123번 훈련병 이도훈!"

"집중 안 합니까. 나중에 시켜봐서 모르면 얼차려 부여하겠습니다. 알겠습니까?"

"전 다 알고 있기 때문에 굳이 얼차려 받을 필요도 없을 겁니다."

"…지금 뭐라고 했습니까?"

"그러니까… 다 안다고 했습니다."

첫날부터 자신에게 지적질을 연발하던 일병 조교에게 앙금이 쌓였는지 도훈이 삐딱한 자세로 나가며 조교를 도발한다.

물론 생활관 내부 분위기는 한겨울에 냉수를 끼얹은 듯 침묵으로 일관한다. 철수가 옆구리를 쿡쿡 찌르며 '너 미쳤어?!' 라고 눈치를 주지만, 도훈은 도발적으로 조교를 노려본다.

그리고 때마침 든 생각.

"조교님, 저하고 내기 안 해보시겠습니까?"

"내기?"

"예. 누가 더 빠르게 총기를 결합하나 시합 한번 해보는 건 어떻습니까?"

"훈련병이 감히 조교한테 대드는 겁니까?"

"조교님이야말로 손해 보는 장사는 아니지 않습니까? 어차피 전 엊그제 막 입대한 햇병아리인데. 설마 조교님, 훈련병한테 이길 자신이 없는 겁니까?"

"……."

속을 박박 긁어대는 도훈의 언변 스킬!

이것이 바로 꼬장의 신이라 불리던 이도훈식 화술이다. 남의 속을 아주 그냥 남김없이 긁어내는 비아냥거림의 천재.

그 탓에 동기들과 후임들은 혀를 내두른다.

조교 역시도 도훈의 이런 도발에 넘어갔는지 곧장 철수에게 총기를 빌린다.

"만약 이 조교가 123번 훈련병을 이긴다면 생활관 전체에 얼차려 부여하겠습니다."

"벌만 있습니까? 제가 이길 시엔 뭔가 혜택 같은 건 없습니까?"

"그럼 123번 훈련병이 조교를 이길 시 조교 찬스 이용권 하나 주겠습니다."

"조교 찬스 이용권?"

"간부들도 모르게 조교들끼리 전해져 내려오는 전통입니다. 훈련병들 중에서 간혹 조교의 마음에 들거나 혹은 조교보다도 뛰어난 운동신경과 제식을 보여주는 자에게 사병들의 범주 안에서 특별한 혜택을 주겠습니다."

"흐음."

이런 것도 있었나. 옛 과거의 기억을 되돌아보던 도훈이지만 기억이 안 나는 게 정상.

말 그대로 간부들도 모르게 조교들끼리만, 즉 사병들끼리만 즐기는 문화라고 하지 않는가.

'나쁘진 않군.'

교관만큼 힘이나 권력이 있는 건 아니지만, 조교를 자신의 편으로 끌어들이는 건 나쁜 선택이 아니라고 생각한 도훈이다.

게다가 저 성격 더러운 일병의 얼굴에 침도 뱉어주고 싶으니까 말이다.

총기 결합 대결을 펼치게 된 도훈과 일병 조교.

일단 전부 분해해 놓은 다음 마룻바닥에 마주 앉은 형태로 나란히 정렬을 시켜놓은 K—2 부품들을 쭈욱 훑어보던 도훈이 눈짐작으로 가볍게 이미지 트레이닝을 해본다.

굳이 이미지 트레이닝을 할 필요도 없긴 하지만 훈련소 조교는 일반 사병과 다르다.

제식에 통달한 자들이니까.

훈련병에게 제식을 가르치는 만큼 그만한 지식과 자신감이 조교의 양 어깨에 서려 있다.

도훈이 아무리 2년 짬밥의 군 생활 마스터라 해도 과연 그의 실력이 훈련소 조교에게도 통할 수 있을지는 미지수다.

길고 짧은 건 대봐야 하는 법. 아무리 도훈이라도 한들 긴장을 늦춰서는 안 된다. 더욱이 여기서 일병 조교에게 지게 될 경우, 군기라는 단어를 앞세워 생활관 동기 전원이 얼차려를 부여받게 된다.

그렇게 되면 도훈의 훈련소 생활도 매우 고달파질 것. 동기들에게 미움 받으며 5주 동안 훈련소에서 버틸 자신은 없다.

'그냥 조용히 있을 걸 그랬나.'

묻혀가는 것이 도훈의 철칙이거늘 한순간 울컥해 일병 조교에게 시비를 건 것이 실수가 될 수도 있었다.

"123번 훈련병, 이제라도 용서를 빌면 받아줄 수 있습니다."

"남자가 한입 가지고 두말하는 건 더 꼴 보기 싫다고 아버지에게 들어오며 커왔기 때문에 그럴 일은 없을 겁니다."

"용기 하나는 가상하게 생각하겠습니다."

일병 조교가 도훈을 보고 비웃는다. 그만큼 일병 조교도 자신감이 있다는 의미일 것.

'일병이라 해도 방심하지 않는다!'

훈련소 조교를 통해서 과연 자신의 2년 군 생활 경험이 통할 수 있을까.

다른 훈련소 동기의 '시작!' 소리와 함께 빠르게 총기를 결합해 나간다.

노리쇠 뭉치를 순식간에 결합하고 총열을 삽입, 자신의 총기를 결합하면서 동시에 일병 조교의 진행 상황을 본다.

그런데 차이가 생각보다 많이 난다.

그것도 일병 조교가 빠른 것이 아니라 도훈이 압도적으로 빠르다.

'이겼다!'

속으로 쾌재를 부르며 가볍게 마무리까지. 노리쇠 후퇴 전진을 마치고 나서 천장을 향해 가볍게 방아쇠를 당긴다.

그리고 이어지는 탕! 소리.

도훈이 이미 격발 보고까지 마치고 있을 무렵, 일병 조교는 이제 막 총기 결합을 완료한 상태이다.

괜히 2년 짬밥의 병장이 아니었다.

"……."

믿기지 않는다는 눈으로 도훈을 바라보는 일병 조교. 그에게 있어서는 믿지 못할 일이 벌어진 것과 마찬가지다.

엊그제 입소해서 이제 막 총기를 부여받고, 총기 분해와 결합하는 교육도 방금 마친 훈련병이 일병인 자신을 이겨 버린 것이다. 게다가 일반 사병도 아닌 훈련소 조교를.

"제가 이겼습니다, 조교님."

"으흠."

옅은 신음을 내뱉으며 믿기지 않는 결과를 받아들이려 애쓴다. 그 모습을 보고 도훈은 웃음을 주체할 수 없었다.

2년 동안 K—2를 만져봐라. 싫어도 절로 총기 결합 실력이 늘어날 수밖에 없다.

일병 조교는 물론 도훈이 2년 전 꼬장의 신이라 불리던 말년병장임을 알 리가 없다. 어쩌면 그것이 바로 일병 조교의 폐해.

"…훌륭합니다, 123번 훈련병. 이 조교의 패배를 인정합니다."

"감사합니다!"

"약속대로 훈련병은 조교를 통해서 소원수리권 한 장을 받게 될 것입니다. 당연한 말이지만 간부님들한테는 비밀입니다."

"두말하면 잔소리입니다!"

"훈련병들은 14시까지 쉬다가 방송 통제에 따라 연병장으로 집합합니다. 그때까지 총기 손질 하도록 하겠습니다."

조교가 훈련병들에게 지시를 내린 뒤 생활관에서 퇴장한다.

그의 뒷모습이 묘하게 쓸쓸해 보이는 것은 착각일 수도 있지만, 적어도 일개 훈련병에게 총기 결합에서 졌다는 사실은 일병 조교의 자존심에 크나큰 상처로 작용할 수 있을 것이다.

그럼에도 불구하고 일병 조교는 자신의 패배를 깔끔히 인정했다.

아무리 조건이 불리하다고 하더라도, 상대가 막 입대한 훈련병이라 해도 결과에 승복하는 것도 어찌 보면 용기 있는 행동이다.

자신의 부족함을 인정할 줄 아는 용기.

"생각보다 괜찮은 조교일지도 모르겠군."

일병 조교를 바라보는 도훈의 시선이 미묘하게 달라진다.

처음에는 그저 자신에게 쓴소리만 하는 원수 같은 조교라 생각했지만, 의외로 남자다운 모습에 나름 호의를 느끼게 되었다.

* * *

"부대~ 차렷!"

드디어 시작된 입소식.

시작 전에 대략 두 시간 정도 입소식 훈련을 받고 난 뒤 이미 진이 다 빠질 대로 빠진 훈련병들이 잔뜩 긴장한 표정으로 충성 구호에 따라 거수경례를 한다.

애국가 제창, 묵념, 기타 등등 행사를 마치고 나서 다시 생활관으로 복귀했을 때는 이미 저녁 식사 시간.

식당에서 식사를 마치고 돌아온 도훈과 철수는 청소 구역으로 재활용 담당을 맡게 되었다.

"하필이면 그 많고 많은 청소 구역 중에서 가장 빡센 곳이냐. 진짜 내 인생 왜 이러냐."

청소 구역 담당 명단을 보자마자 곧장 욕지거리를 내뱉는 이도훈의 불만에 철수가 너무 걱정하지 말라는 식으로 위로한다.

"그래도 저녁 청소 시간에는 안 해도 되잖아."

"대신 아침 먹자마자 청소해야 하잖아. 그것도 졸라 빡세게."

훈련소에서 나오는 쓰레기의 양은 어마어마하다. PX가 장사가 잘되는 만큼 쓰레기장 담당 청소 구역을 배정 받은 병사는 괴로운 법.

게다가 재활용이다. 재활용품이라고 한다면 깡통이라든지 플라스틱, 기타 음료수나 냉동식품이 즐비한 그런 쓰레기들로 가득하다.

한마디로 냄새의 향연이라는 것.

게다가 쓰레기의 무게도 무거울뿐더러 부피까지 크다. 청소 구역부터 이미 재수없는 훈련소 생활을 하게 된 도훈이다.

어쨌든 말년병장이었다가 다시 이등병으로 되돌아온 이상 그 이상의 불행은 존재하지 않을 것이다. 고작 청소 구역 하나로 스트레스 받을 만한 일은 이미 도훈의 수준에선 발톱의 때만도 못한 불행 수준에 불과했다.

"그리고 내일은 주말이잖아. 너, PX 갈 수 있다며."

"가서 냉동이나 열나게 처먹어야지."

라는 음모를 가지고 있었지만 가지고 있는 현금이라고 해봤자 만 원밖에 없다.

PX 이용권을 획득할 줄 알았다면 5만 원 정도 가지고 왔어야 하는데 말이다.

청소 시간이 끝나고 다가온 점호 시간. 마룻바닥 선에 나란히 정렬해 앉은 상태에서 생활관 책임자이자 2생활관 담당인 일병 조교가 들어온다.

훈련병들을 쭉 훑어보던 중에 유독 이도훈 앞에서 오래 머물던 일병 조교가 도훈에게 말을 건다.

"123번 훈련병."

"123번 훈련병 이도훈."

"이번 주 주말 오전에 PX 이용할 수 있도록 중대장님께서 명하셨습니다. 본 훈련병은 같이 가고 싶은 훈련병 한 명을 골라 본 조교와 같이 PX 이용 실시하도록 하겠습니다. 알겠습니까?"

"같이 가고 싶은 전우와 가도 된다는 말씀이십니까?"

"그렇습니다."

"그렇다면 124번 훈련병과 같이 가도록 하겠습니다."

철수가 놀란 표정으로 도훈을 바라본다.

하기야 어찌 생각해 보면 철수를 선택한 건 당연한 일인지도 모른다. 현 시점으로 보자면 도훈이 친하게 지내고 있는 훈련소 동기라고 해봤자 철수밖에 없으니까 말이다.

물론 같은 자대로 갈 운명이 아닐 수도 있지만, 그래도 적어도 훈련소에서 알고 지내는 동안만큼은 철수에게 잘해주고 싶은 게 도훈의 생각이기도 했다.

고개를 끄덕이며 알았다는 듯이 대답하는 일병 조교가 철수를 쓱 훑어본다.

"그럼 내일 123번 훈련병과 124번 훈련병은 전투복 착용하고 오전 10시까지 행정반 앞에서 대기하도록 합니다."

"예!"

생각지도 못한 PX 이용권에 기분이 설레는지 철수가 도훈에게 기대 어린 목소리로 말한다.

"고맙다, 친구야!"

"고맙긴 개뿔. 어차피 가진 돈도 별로 없어서 누군가 데리고 갈 수 있다면 나야 좋지. 근데 넌 얼마 있냐?"

"나? 나는 한 3만 원 정도?"

"짜식, 갑부구만. 가서 배 터지게 냉동 한번 먹어보자."

"냉동이면… 편의점에서 팔던 만두나 그런 거 맞지?"

"PX에서 파는 냉동식품은 유난히 맛있다고 사회에서 들은 적 없냐?"

"몇 개 있긴 한데……."

"슈X치킨이라든지 이런 거 말이야. 닭 강정도 맛있긴 하지만 역시 슈X치킨이 갑이지!"

"그런 냉동식품도 있어?"

"밖에서 보면 파는 곳 찾기가 쉽진 않지만 인기 상품이라고. 어디 보자. 오늘은 자면서 내일 먹을 거나 생각해 볼까."

어차피 오늘은 불침번 근무도 없다. 어제 불침번 근무 시간이 최악이었던 만큼 오늘은 22시부터 6시까지 풀(Full)로 잠을 잘 수 있다는 것을 의미한다.

　고작 주말에 PX 한 번 이용하는 것에 불과하지만, 사소한 일에 기쁨을 느낄 수 있게 만드는 것도 군대의 매력이기도 하다.

　활동복으로 기상해서 점호를 받는다는 일에 대해서는 미묘하게 행복감을 느끼게 만들어준다.

　군복을 안 입어도 된다는 그 행복감! 군인으로서 말로 다 표현할 길이 과연 존재할까.

　토요일 오전, 활동복 점호를 마친 뒤 세면, 세족, 그리고 군데리아를 섭취하고 나서 행정반 앞에 선 도현과 철수.

　기다리고 있었다는 듯이 행정반에서 나온 일병 조교가 이들을 행정반 안으로 들인다.

　"충성! 일병 우매한 외 두 명, PX 다녀오겠습니다!"

　"음. 갔다 오도록."

　"예! 충성!"

　이미 오늘자 당직사관으로부터 인수인계가 제대로 되었는지 훈련병 두 명이 PX를 이용한다는 점에 대해 별다른 의문을 품지 않고 오케이 사인을 보낸다.

　일병 조교의 인솔하에 PX로 향하는 도훈과 철수. 특히나 철수는 난생처음 이용해 보는 PX에 기대감이 높은지 연신 도훈에게 물어보기 바쁘다.

"PX라는 거 말이야, 가격이 엄청 싸다고 하는데 정말이야?"

"내가 가지고 있는 만 원으로도 배 터지게 먹을 수 있을 정도일걸."

"그 정도로 싸다고?"

보통 사회에서는 냉동 하나 사 먹는 것만 해도 엄청난 부담으로 작용할 때가 있다. 그러나 PX에서는 훨씬 싼 가격으로 음식을 구입할 수 있기에 군인들의 애용 장소이다.

그러나 가격이 싼 만큼 월급도 짜다.

그래서 PX의 유혹에 빠지게 되면 군대에서 돈을 모으기 어렵다는 게 정설이다.

"PX에서 산 건 여기서 다 먹고 갑니다. 몰라 꽁쳐놓은 음식이 있을 경우 그 즉시 얼차려 부여하겠습니다."

"예!"

장바구니를 들고 가볍게 쇼핑을 하기 시작하는 도훈. 일단 먼저 냉동을 공략하고 그 뒤 박스 과자와 아이스크림, 음료를 공략한다.

둘이 먹어야 하기에, 그것도 이 자리에서 다 먹고 가야 할 상황 탓에 박스 과자는 최대한 자제하는 편이 좋다고 생각하는 철수지만,

"그렇게 겁먹어서야 쓰겠나."

"설마… 꿍쳐놓으려고?"

"그야 당연하지, 새끼야. 2주차부터 일정 졸라 빡세게 굴러 갈 텐데 단것 없이 어떻게 버티냐?"

"걸리면 어떻게 하려고……."

"그땐 그때고."

뭐든지 걸리지만 않으면 된다.

도훈의 머릿속에는 이 자리에서 당장 먹고 갈 간식거리뿐만 아니라 주간, 야간 행군 시 몰래 하나씩 먹을 수 있는 초코바라든지, 각개전투 시 야간 취침을 할 때 텐트에서 꺼내 먹을 수 있는 간식거리까지 미리 도안을 짜두고 있다.

하지만 철수의 말대로 먹을 것을 어떻게 생활관까지 가져가느냐가 문제일 터인데.

"일단 먹자, 먹어!"

"아, 알았어."

일병 조교는 PX병과 할 이야기가 있는지 서로 자기들 먹을 것을 사 들고 담화를 나누는 데 열중하고 있다. 같은 계급으로 보나 서로 말을 놓는 것으로 보나 아마도 동기가 아닐까 생각하던 도훈은 기회가 생겼다는 듯 잔머리를 굴려본다.

"이 정도면 되겠지."

장치(?)를 마련해 둔 도훈이 먹을거리를 꼬불치기 시작한

다. 음료수는 안타깝지만 부피가 커서 불가능. 새콤달콤이라
든지 오예스, 초콜릿 등을 검은 봉지에 구겨 넣은 도훈이 철
수에게 다가와 이제 안심하고 실컷 먹자고 재촉한다.

전자레인지를 풀로 가동시키며 벌어진 냉동 파티!

"이게 말로만 듣던 슈X치킨!"

정신없이 냉동식품을 섭취하며 감탄사를 자아내는 철수를
보니 도훈의 입가에 절로 미소가 그려진다.

도훈 역시 냉동식품과 더불어 과자 섭취 시작. 메인 디쉬를
해치우고 나서 여유롭게 후식으로 라보떼까지 섭취하자 점심
생각이 안 날 정도로 배가 불러오기 시작한다.

대략 30분간의 먹방(?)이 끝나고 나서,

"훈련병들, 올라갈 준비합니다."

"예, 알겠습니다!"

쓰레기를 가득 담은 봉지를 들고서 우매한에게 다가가는
이들. 그러자 우매한이 갑자기 손을 뻗어 도훈과 철수의 건빵
주머니를 만져본다.

몸수색이 시작되었음을 직감한 도훈와 철수. 식은땀을 흘
리며 끝나기만을 기원하던 이들에게 우매한이 고개를 끄덕이
며 말한다.

"좋습니다. 올라갑니다."

"네!"

우매한을 따라 올라온 생활관.

근처 쓰레기장을 보던 우매한이 도훈과 철수에게 지시한다.

"쓰레기가 너무 많은 관계로 재활용품은 여기서 미리 정리하고 갑니다. 알겠습니까?"

"네!"

재활용 담당인 철수와 도훈이기에 익숙하게 척척 쓰레기를 양분하여 재활용품으로 분류한다.

비닐봉지들은 거대한 쓰레기더미로 직행. 깔끔하게 재활용품까지 다 나누고 나서야 우매한의 통솔에 따라 행정반에 복귀 신고를 하고 다시 생활관으로 돌아온다.

이들이 생활관으로 복귀하자 몸에서 풍겨져 나오는 냉동식품 냄새에 사람들이 몰려들기 시작한다.

"니들 짱이다!"

"좆나 부럽네. 씨발!"

입대한 지 일주일도 안 되었는데 벌써부터 바깥세상의 간식거리가 당기기 시작한 훈련병들에게 있어서 PX를 이용하고 온 도훈과 철수는 용자나 다름없었다.

훈련병 신분 주제에 PX를 이용하다니!

그러나 그럴 만한 자격이 있음을 부정할 수도 없다. 설마 누가 복무신조를 다 외울 생각을 하겠는가. 게다가 그때 당시 당직사관의 말에 따르면 그렇게 완벽하게 복무신조를 외운 훈련병은 처음이란다.

"너희도 복무신조는 잘 외우고 다녀라. 군대 생활에 영원히 쓰일 테니까."

도훈이 거만한 태도로 충고하며 생활관 바닥에 눕는다. 원래는 금지된 행동이지만 조교의 등장 정도는 도훈의 수준이면 미리 눈치챌 수 있기에 별다른 두려움은 느끼지 않는다.

한동안 생활관에서 자유 시간을 보내던 도훈이 철수에게 눈치를 보낸다.

그러자 철수가 고개를 끄덕이며 화장실을 가는 척 바깥으로 나선다.

도훈 역시도 철수와 시간차를 두고 5분 뒤 화장지를 들고서 배가 아픈 척하면서 바깥으로 나간다.

이들이 만난 곳은 화장실이 아닌 재활용품 쓰레기장.

"잘 숨겨둔 거야?!"

"날 뭐로 보냐. 그야 당연하지."

철수의 걱정 어린 말에 도훈이 걱정은 고이 접어 주머니 속에 넣어두라는 식으로 대답한다.

이들이 올라오기 전에 한 가지 장치를 해둔 것이 바로 쓰레기로 둔갑한 간식거리. 쓰레기 봉지에 미리 짱박아두었던 간

식거리를 쓰레기처럼 쓰레기장에 넣어뒀다가 다시 꺼내온다
는 것이다.

검은색의 비닐봉지로 잘 감싸뒀기 때문에 더럽다는 생각
은 들지 않는다. 아니, 더럽다 해도 먹을 수 있다.

"일병 조교 따위가 감히 나의 2년 짬밥을 넘을 수는 없지."

"2년 짬밥?"

"그냥 넘어가. 그것보다 후딱 챙기고 관물대에 몰래 처넣
어. 본격적으로 숨기는 건 내가 다 할 테니까."

"잠깐! 어디 가려고?!"

"똥 싸러 간다."

PX에서 너무 많은 섭취를 한 탓일까.

진짜로 배에 신호가 온 도훈이 화장지를 들고 황급히 화장
실로 향한다.

밥 먹기 직전이라 그런지 화장실에서 볼일을 보고 있는 사
람은 보이지 않는다. 재빨리 화장실로 들어간 도훈이 바지를
내리고 안의 내용물을 아래 입으로 토해낸다.

"휴~ 바지에 똥 지릴 뻔했네."

안도의 한숨을 내쉬던 도훈의 머릿속에 오늘 PX에서 꼬불
쳐 온 먹을거리가 투영된다.

자면서 몰래 먹을까? 최대한 조교들한테는 들키지 않게 신
경 써서 꼬불쳐 둬야 하는데.

온갖 잡념을 머릿속에서 떠올리는 도훈에게 누군가가 말을 걸어온다.

"이야~ 머리 좋구나. 역시 전직 말년병장은 달라."

"……?!"

황급히 주변을 둘러본다.

분명 자신이 화장실로 들어올 때는 아무도 없었다. 심지어 화장실 문이 열리는 소리조차 들리지 않았다.

게다가 도훈이 이렇게 놀라는 이유는 따로 있었으니.

"어째서 여자 목소리가……?"

"일단 성별은 여성으로 되어 있거든. 너도 그러는 편이 좋지 않아? 군대에서는 여자 구경하는 게 하늘의 별따기라고 들어서 일부러 여성으로 육체를 구성해 봤는데."

그리고 도훈이 있는 화장실 문이 벌컥 열린다.

분명 잠갔을 터인 화장실 문이 너무나도 자연스럽게 열린 것도 이상한 일이지만, 그런 사소한 궁금증은 한 방에 뇌리에서 삭제시켜 버릴 만한 임팩트 있는 존재가 오른손을 살랑살랑 흔들며 인사한다.

"안녕, 꼬장의 신님."

"여, 여자!!"

진짜 여자다. 게다가 노출도도 상당하다.

겨울임에도 불구하고 여름에나 볼 수 있을 법한 핫팬츠 차림에 타이트한 긴팔 티, 게다가 긴 흑발이 딱 도훈의 이상형을 투영화한 듯한 자태이다.

몸매도 좋을뿐더러 외모도 연예인 뺨치는 수준이다.

그러나 도훈은 이내 이 여자가 평범한 사람이 아님을 직감할 수 있었다.

육체의 구성이라느니 도훈이 2년 뒤의 사람이라는 것까지 알고 있으니 말이다.

"너는 누구냐?"

"나 말이야?"

고개를 갸우뚱하며 화사한 미소와 함께 답하는 정체불명의 여자가 내뱉은 말은 다음과 같다.

"너를 2년 전으로 돌려보낸 장본인."

3장
행보관의 감시를 피해라!

　자신을 모든 사건의 원흉이라고 소개한 여자가 빙그레 웃으며 도훈 앞에 선다.

　눈이 부시도록 아름다운 여자임에는 틀림없지만,

　도훈이 즉각 반응을 보인 것은 예쁜 여자를 탐하는 남자의 본능을 앞세운 행동이 아닌, 원한에 사무친 행동이다.

　"야!! 이 버러지 같은 년아!! 당장 날 원래 세계로 안 돌려놔?!"

　"어머나! 가녀린 여자에게 못하는 말이 없네."

　"가녀리긴 개뿔!! 보아하니 평범한 인간도 아닌 것 같은데

인간인 척하지 말고 엿이나 드셔!!'

가운데 손가락을 내밀며 FuXX을 날리는 도훈. 다시 군 생활을 해야 하는 이등병 시절로 돌아간 억울함은 여자에 대한 본능조차 앞서고 있다.

"빨리 날 원래대로 돌려놓으라니까!!"

"미안해. 그건 불가능하거든."

"2년 전으로 되돌리는 건 가능하고 다시 원상태로 복구시키는 건 불가능하다는 게 말이 되냐?! 그보다 넌 정체가 뭐야?!"

"글쎄. 지구상의 언어로 표현하자면 차원관리자라고 해야하나?"

"차… 뭐?"

"차원관리자. 말 그대로 다른 차원의 경계선상에서 각자의 세계관을 관리하고 있어."

"뭔 소리래, 이 여자가?"

불행하게도 도훈은 심도 있는 공부엔 소질이 없는 남자였다. 차원이니 뭐니 하는 복잡한 말을 늘어놔도 이해하는 건 불가능에 가깝다는 것을 여자도 잘 알고 있는지 어쩔 수 없다는 듯 말한다.

"페러렐 월드라고 하면 알아듣겠어?"

"또 다른 평행 세계가 있다는 그거?"

"응. 믿기지 않겠지만 그건 사실 실존한답니다."

"그래, 알았어. 안 믿을게."

"현실을 부정하지 마. 공상과학영화에나 볼 수 있을 법한 허구성 짙은 말이라 해도 믿을 수밖에 없을걸."

"증거가 없잖아."

"너의 존재 자체가 확실한 증거 아니니?"

"……."

확실히 도훈은 2년 전으로 돌아왔다. 게다가 무슨 연유에서인지 몰라도 도훈이 기억하고 있는 과거와 지금 여기에 있는 현재는 다른 방향으로 흘러가는 중이다.

첫 번째 불침번에 기습 순찰이 바로 그 증거이기도 하니까 말이다.

"한마디로 말해서 여기에 있는 너와 본래 훈련병으로 들어왔던 2년 전의 네가 서로 뒤바뀌게 되었다는 거야."

"잠깐. 그럼 훈련병으로 막 입소한 또 다른 나는 자고 나니 말년병장이란 뜻이잖아?"

"응."

"그렇게 상큼한 미소로 긍정하지 마!! 그것보다 나의 2년을 돌려달라고! 뼈 빠지게 고생했더니 다시 군 생활을 하라고?! 무슨 억지야!"

"어쩔 수 없어. 겨우 차원관리자에 합격했는데, 연수생 신분이 되자마자 너 같은 오류와 실수를 범했다는 사실을 내 상관이 알면 바로 잘릴 수 있단 말이야.”

“너의 안락한 생활을 위해 날 희생시키지 마라!!”

“미안하다니까. 그래서 한 가지 보답을 준비했어.”

라고 말하며 오른손과 왼손을 내민다.

“…뭐하는 짓이냐?”

“오른쪽을 택하면 돈, 그리고 왼쪽을 택하면 권력.”

“…뭐?”

“내 실수는 인정할게. 그렇다 해도 너의 존재를 상부에 보고하고 다시 원래의 세계로 돌려보냈다간 연수생 신분인 내가 매우 위험해지니까 만약 이대로 군 생활 2년을 다시 버틴다면 돈과 권력, 그리고 본래 세계로 돌려보낼 것을 약속해줄게.”

“2년 뒤에는 날 원래의 세계로 돌려보내줄 수 있다는 뜻이야?”

“그러엄! 그때는 아마 정직원이 되어 있을 거니까. 인턴 과정은 생각보다 길다고. 에휴.”

어깨를 두드리며 온갖 힘든 척을 하는 여자였으나 도훈은 못 믿겠다는 눈빛으로 바라본다.

“신뢰도가 그다지 안 느껴지는데?”

“군 생활 2년을 다시 버틴다면 돈과 권력이 따라오게 되어 있는 인생을 살 수도 있는데?"

"네가 날 속일 수도 있다는 가능성을 배재할 순 없잖아."

"의심이 많은 남자구나. 그럼 좋아. 일단 선금으로 천만 원 줄게."

"천만 원?"

"이 바로 옆 화장실에 준비되어 있어. 한번 확인해 봐."

"……."

설마 하는 생각으로 화장실 문을 열어보는 도훈.

그러자,

"현찰?!"

만 원짜리가 변기의 물에 젖은 채 수북이 쌓여 있는 게 아닌가!

"어때?"

"지, 진짜 돈이야?! 위조지폐는 아니겠지?"

"물론이지. 아니면 금이나 다이아몬드로 대신할까?"

라고 말하면서 오른손을 펼치자 묵직한 다이아몬드가 '뽕' 소리를 내며 등장한다.

말 그대로 황금알을 낳는 거위 같은 여자.

게다가 마술이 아닌 이상 여자가 보여주는 건 분명 평범한 인간이 흉내 낼 수 없는 초능력이다.

"나도 내 실수 때문에 곤경에 처한 사람을 매정하게 모른

척할 만큼 냉정한 여자는 아니야. 확실히 그에 대한 책임은 질 테니까 너무 걱정하지 마."

"···그렇구만."

"어때? 너에게 특별히 소원을 빌 수 있는 권한을 한 장 주는 대신 2년간의 군 생활을 버티면 되는 거야."

여자의 제안은 실로 매력적이면서도 확실하게 끌리는 제안임에는 틀림없었다.

그런고로 도훈은 일말의 고민할 여지도 없이 곧장 이렇게 외쳤다.

"콜!!"

"계약 성립이네."

눈웃음을 치면서 도훈의 손을 마주 잡으며 악수한다.

악마와의 계약인지, 아니면 천사와의 계약인지 도훈은 지금의 상황으로는 알 수 있는 방법이 없었다.

하지만 명확한 건 공짜로 2년간 남은 군 생활을 대신 해주는 것보다 무언가 보상을 기대하고 군 생활을 버티는 쪽이 더 이득인 것은 확실했다.

*　　　*　　　*

'필요할 땐 언제든지 불러. 그리고 내 모습은 오로지 너한테만 보이니까 남들 앞에서 나한테 말 걸지 말고. 너 혼자 대화하는 이상한 모습으로 보일 테니까. 그럼 나중에 봐~'

자신이 할 말만 늘어놓고 사라진 정체불명의 여자가 내뱉은 말을 곱씹어본다.

"생각해 보니까……."

화장실에서 생활관으로 복귀한 뒤 매트리스에 등을 기대고 생각에 잠긴 도훈이 혼잣말을 중얼거린다.

"이름도 못 물어봤네."

차원관리자라고 소개를 받았지만 정작 이름을 물어보질 못했다. 그렇다고 계속 차원관리자라고 부를 수도 없는 노릇이다.

나중에 만나면 꼭 이름을 물어봐야겠다고 다짐한 도훈의 귓가에 점심식사 집합을 알리는 조교의 목소리가 들린다.

"식사 집합 3분 전."

"식사 집합 3분 전!'

훈련병들이 활동화를 신고 건물 출입구 앞에 정렬하기 시작한다. 도훈 역시도 철수와 같이 식사 집합을 위해 정렬한다.

"배라도 아픈 거야? 아까부터 이상해 보이는데."

도훈의 행동에 의아한 얼굴로 철수가 걱정되어 묻자 도훈이 아무것도 아니라는 듯이 대답한다.

"그냥 잠시 고민할 게 있어서."

"무슨 고민?"

"인생에 대한 회의감과 새로운 존재와의 접촉을 통한 발견."

군 생활 2년을 또다시 버텨야 함에 엄청난 짜증을 느낀 도훈이지만, 여자의 제안을 통해서 조금 의욕이 되살아나는 기분이 든다.

물론 아까 여자가 선금으로 준 천만 원과 다이아몬드는 다시 반환했다. 선금이라고 줘봤자 군대에서 가지고 있을 수도 없으니까 말이다.

그것보다도 뭔가 한 가지를 더 시험해 보고 싶은 생각이 든 도훈은 식사를 마치고 오자마자 인적이 드문 장소를 찾았다.

개인 정비 시간에 사람의 왕래가 가장 적은 장소로 재활용 쓰레기장을 꼽은 도훈은 황급히 쓰레기장으로 가서 여자를 찾았다.

"야! 차원관리자 아가씨!"

"뭐야? 벌써 나에게 볼일이라도 생긴 거야?"

도훈이 부르자마자 곧장 모습을 드러낸 여성. 아무것도 없는 공간에서 스르르 나타나는 것이 마치 유령이 실체화를 하는 듯한 연출력과 비슷해 보인다.

"너, 이름이 뭐냐?"

"안 알려줬어?"

"어."

"음, 그럼 네가 이름을 붙여줄래?"

"내가?"

"어차피 나에게는 고정된 이름이 없으니까 네가 부르기 편한 대로 불러."

"그렇다면……."

곰곰이 생각에 잠긴 도훈이 머릿속을 굴려본다. 작명 센스가 뛰어나다고는 장담할 수 없지만, 모처럼 끝내주는 미인에게 명칭을 붙여줄 수 있는 기회가 생겼다.

"김… 춘자?"

"우와! 너, 네이밍 센스가 진짜 최악이구나?"

"시끄러워, 정체 모를 여자. 그럼 네가 스스로 생각하든가. 네 이름이잖아."

"그럼 앨리스라고 불러. 이상한 나라의 앨리스. 이상한 군대의 앨리스."

"말만 들어도 이상하구만."

"어쨌든. 나에게 무슨 볼일이야?"

"아, 맞다."

앨리스를 부른 이유를 이제야 떠올린 도훈이 야릇한 시선으로 앨리스를 바라본다.

군대에서 흔히 볼 수 없는 글래머러스한 미인. 보는 것만으로도 충분히 만족스러울 정도이다.

"뭐하는 거야?"

"눈에 잘 새겨두려고."

"왜?"

"그래야 나중에 화장실에서 혼자 위로할 때 이 몸매를 떠올릴 수 있을 테니까."

"성추행으로 신고해도 돼?"

"차원관리자 같은 이상한 생물체가 경찰의 보호 대상이 될 수 있는지부터 물어보는 게 순번상 예의 아니냐."

들어갈 곳은 들어가고 나올 곳은 나온 완벽한 몸매에 혀를 내두르는 이도훈.

2년간의 군 생활, 그리고 더불어 앞으로 2년간 더 군 생활을 하게 된 그에게 있어서 여자란 존재는 사막의 오아시스 같은 존재라고 볼 수 있다.

*　　　*　　　*

재활용 쓰레기장에서 앨리스에게 이것저것 물어보며 시간을 보내고 온 도훈은 오자마자 관물대에 처박아둔 음식을 어떻게 숨길지에 대해 고민하고 있었다.

생활관 내부에서 아무렇지도 않게 음식물을 숨기는 장면을 다른 생활관 동기들이 보기라도 한다면 큰일이다. 어떤 의미로 조교보다도 더 위험한 녀석들이 바로 굶주려 있는 훈련병들이기 때문이다.

언제 어느 곳에 숨겼다는 것을 안 순간 녀석들은 하이에나로 변신한다.

쥐도 새도 모르게 훔쳐 먹을 우려가 있기에 도훈은 다른 동기들이 생활관에 있을 때 음식물을 숨기는 일에 대해서는 자제하기로 결심한다.

그렇다고 이대로 검은 봉지째 관물대 안에 넣어둔다면 언젠가 들통 날 가능성도 있다.

동기들이 모두 생활관을 비웠을 때, 아무런 의심을 받지 않고 숨길 수 있는 방법을 찾아야 한다.

"골치 아프구만."

관물대를 자세히 살펴보는 도훈. 자신이 현재 지급받은 것은 군장 세트와 더블백, 그리고 전투복과 생활복을 걸어놓을 수 있는 개인 옷장과 작은 서랍 세 개가 전부다.

이 작은 공간 안에 숨겨야 한다.

"숨길 공간이 과연 있긴 한 걸까?"

철수도 심히 걱정되는지 도훈에게 묻는다. 일단 우매한 몰래 가져오긴 했지만, 과연 이걸 훈련소 5주차까지 무사히 숨길 수 있을지가 관건이다.

그러나 도훈이 누구인가.

꼬장의 신이라 불리던 말년병장이다!

"나에게 다 생각이 있어."

"정말?"

"그래. 일단 오늘이 최대 위기다. 내일이 되면 자연스레 해결될 거니까."

"…어떻게? 숨길 시간조차 없잖아?"

생활관 내부에 동기들이 전부 자리를 비우는 경우는 존재하나, 그 경우의 수에는 철수와 도훈만이 생활관에 남아 있어야 한다는 전제 조건이 깔린다. 생활관에 아무도 없어봤자 음식을 숨길 사람이 없다면 말짱 도루묵이기 때문이다.

아무한테도 들키지 않고 몰래 숨길 수 있는 그런 재능이 필요하다.

"일단 숨길 장소부터 정하는 게 좋지 않을까?"

철수가 걱정 어린 표정으로 소심하게 질문한다. 그러나 도훈은 그런 걱정 따윈 필요 없다면서 가볍게 대답한다.

"멍청아, 여기 있잖아. 숨길 만한 장소."

그러면서 세 개의 서랍 중 가장 밑의 서랍을 가리킨다.

"설마 서랍 안에 숨기자는 거야?"

"세 번째 서랍을 빼봤는데, 구조상 다른 서랍보다 뒤의 공간이 넓더라고."

"어? 진짜로?"

"네 자리에서 직접 확인해 봐."

믿기지 않는다는 얼굴로 자신의 자리로 돌아가 세 번째 서랍을 꺼내본다.

그러자 철수가 환한 표정으로 도훈의 말이 사실임을 알려준다.

"진짜네! 너, 대단하다! 이런 걸 어떻게 찾아냈어?"

"감이지."

물론 감이 아니다. 2년 전, 우연히 훈련병 시절 때 서랍이 잘 닫히지 않아 꺼내서 다시 넣는 작업을 하던 도중 발견한 사실이다. 그걸 이제 와서 활용하게 될 줄은 꿈에도 몰랐지만 말이다.

"약간 작긴 하지만 너하고 내 서랍의 비밀 공간에 먹을 것을 적당히 분배해서 넣어두면 아무런 문제 없어. 문제는 언제 그 작업을 실행하느냐 하는 것이지."

"…아!"

뭔가 좋은 생각이 떠올랐다는 듯이 도훈에게 다가가 귓속말로 전한다.

"불침번 근무 때 넣어두면 어때?"

"안 돼. 어두운 환경에서 괜히 작업을 망칠 수도 있으니까.

게다가 과자 봉지는 대부분 부스럭거리는 소리가 크게 나잖아. 그러다가 다른 녀석들이 잠에서 깨면 뭐라고 변명할 건데?"

"으, 그렇긴 하네."

도훈의 머리가 급격도로 빠르게 회전하기 시작한다.

과자를 숨길 만한 모든 조건을 만족시킬 수 있는 환상의 타이밍을!

"그래, 결심했어!"

"무엇을?"

"작전 실행 시기를."

도훈의 입가에 미소가 번진다.

모든 조건은 완성되었다. 단지 오늘 이 하루를 얼마나 무난히 넘길 수 있느냐에 모든 승패가 좌우된다.

*　　　*　　　*

"2생활관 점호 준비 끝!"

"쉬어."

"쉬어!"

우매한 조교의 지시에 따라 훈련병들이 편한 자세로 바꾼다.

오늘의 당직사관은 행정보급관. 오늘 하루를 무사히 넘기기를 기원하던 도훈에게 있어서 최악의 날이 되어버린 것이다.

그 많고 많은 간부 중에 하필이면 행정보급관이 토요일 당직이라니. 상사의 포스를 자랑하며 훈련병 한 명 한 명을 일일이 훑어보며 지나간다.

유독 긴장한 철수의 분위기에서 수상함을 느꼈는지 즉각적으로 질문하는 행보관.

"124번."

"124번 훈련병 김철수우!"

얼마나 긴장했는지 마지막 자신의 이름을 말할 때 목소리에 삑사리가 나고 말았다.

행보관의 눈이 날카롭게 빛을 내며 철수를 뚫어져라 응시하기 시작한다. 이 시선은 마치 먹잇감을 발견한 하이에나의 그것과도 같았다.

"자네, 뭐 숨기는 거라도 있나?"

"없습니다!"

"다들 그렇게 말하지. 하지만 말이야, 나도 군 생활 짬밥 먹은 지 근 18년이 다 되어가거든. 자네 같은 사병을 수없이 봐왔지. 보통 그런 불안한 눈빛으로 없다고 대답하면 꼭 있더라고."

'젠장!'

도훈이 속으로 욕지거리를 내뱉는다.

역시 행보관. 짬밥 내공으로 따지자면 절대로 밀리지 않는 공력을 자랑하는 게 바로 행정보급관이라는 존재다.

모든 말년병장의 적! 그리고 이길 수 없는 천적!

도훈의 얕은 수로도 행보관의 레이더망을 피해갈 수 없었던 것이다.

"우매한."

"일병 우매한!"

"너랑 같이 PX 갔던 훈련병 두 명 번호 읊어봐라."

"123번 훈련병과 124번 훈련병입니다!"

"흠. 그렇다면 이런 가설은 어떨까. PX에서 몰래 먹을 것을 생활관에 가져왔다. 조교는 어떻게 생각하지?"

"몸수색은 했습니다만, 그때 당시에는 이상 없었습니다!"

"멍청한 녀석. 쓰레기를 담은 봉투에 쓰레기인 척하고 가져왔을 게 뻔하잖아."

"……."

"조교, 쓰레기봉투는 확인해 봤나?"

"…확인 못했습니다."

"못한 게 아니라 안 한 거겠지."

"죄송합니다!"

"뭐, 죄송해할 것까지는 없어. 124번 훈련병과 123번 훈련병의 관물대를 싹 뒤집어 가서 먹을 게 나오지 않는다면 이상 없으니까."

행보관의 눈빛이 더욱 빛나기 시작한다.

사냥 목표 포착!

신병 훈련소 안에서도 병사들 잡기로 소문난 2중대 행정보급관이다. 도훈은 행보관에 관련된 온갖 소문을 익히 들어서 잘 알고 있었다.

2년 전에도 행보관은 훈련병에게 굉장히 엄했다. 쿨하기도 하지만, 도에 어긋나는 짓을 할 경우에는 가차없이 군기교육대 행이다. 그때 당시 도훈도 행보관에 의해 군기교육대로 끌려간 동기들을 몇 번 본 적이 있다.

그 행보관이 바로 오늘 도훈의 앞을 가로막은 것이다.

사병들 머리 꼭대기 위에 서 있는 행보관의 위엄!

단지 철수의 불안해하는 표정 하나만으로도 모든 정황을 꿰뚫어 본 것이다.

"123번 훈련병, 124번 훈련병."

"123번 훈련병 이도훈!"

"124번 훈련병 김철수!"

"안에 있는 물건 하나도 남김 없이 지금 당장 관물대 간다. 실시."

"실시!"

철수의 손이 미묘하게 떨린다. 도훈 역시 마찬가지. 겉으로는 괜찮은 척 아무렇지도 않은 얼굴을 하고 있지만 불안한 건 다르지 않다.

다시 훈련병으로 돌아온 이도훈의 첫 번째 대위기가 벌써부터 찾아오게 된 것이다.

더블백에 있는 활동복과 예비 군복, 그리고 기타 물품까지 깡그리 꺼내놓기 시작하는 도훈과 철수.

행보관은 자신의 짬밥 인생에서 터득한 감을 믿으며 이들이 분명 PX에서 몰래 먹을거리를 사서 숨겼을 거라고 확신하고 있는 중이다.

근 20년이 다 되어가는 군 생활을 통해 얻은 내공을 과연 어느 사병이 앞지를 수 있을까.

도훈이 아무리 말년병장이었다 해도 행보관의 내공을 앞지를 수는 없다.

그러나,

"…흐음."

행보관의 옅은 신음이 침묵으로 일관하던 생활관에 변화의 바람을 불러일으킨다.

다른 훈련병들 역시도 긴장된 표정으로 지켜보고 있던 와중에 예상치 못한 결과가 나온 탓에 침을 삼킨다.

"이상하군."

행보관의 눈에 보여야 할 먹을거리가 보이지 않는다.

분명 도훈과 철수는 PX에서 몰래 생활관으로 먹을거리를 들였다. 그건 틀림없는 사실이다. 행보관의 추측은 정확했지만, 정작 중요한 증거가 나오지 않았다.

더블백뿐만 아니라 방탄 헬멧 안, 심지어 도훈이 숨길 수 있는 장소로 지적했던 서랍까지 모조리 꺼내서 확인해 보지만 여전히 증거의 행방은 오리무중.

"묘하군."

행보관의 말 그대로 묘했다.

반면 여전히 식은땀을 흘리며 행보관과 조교의 눈치를 보는 철수. 그러나 도훈은 승리의 미소를 지어 보이며 행보관을 향해 말한다.

"다 꺼냈습니다, 행보관님."

"틀림없으렷다?"

"네, 당연합니다."

"거참 이상하군."

행보관의 추측은 정확했지만, 두 가지 실수를 저질렀다.

그중 첫 번째는 바로 도훈이 평범한 훈련병이 아닌 2년 전 꼬장의 신이라 불리던 말년병장이라는 사실.

그리고 가장 큰 두 번째는 바로……

'꿈에도 모를 것입니다, 행보관님. 크크큭.'

속으로 이도훈만의 비밀병기(?)를 떠올리며 행보관을 약 올린다. 조교도 내심 긴장하며 과연 정말로 음식물이 나올까 긴장하고 있었지만 결과는 의외로 싱겁게 끝났다.

"어흠. 훈련병들은 다시 관물대 정리를 하도록. 이상 점호를 마치겠다.

"충성!"

우매한의 거수경례를 받으며 씁쓸히 퇴장하는 행보관. 도훈과의 눈치 게임에서 진 탓일까. 그의 뒷모습이 묘하게 쓸쓸해 보인다.

*   *   *

점호를 마치고 취침하기 위해 나란히 누운 도훈과 철수.

"야, 이 새끼야, 누가 너보고 티 나게 하랬냐. 표정 관리 안 해?"

"미, 미안. 그치만 나도 모르게……."

"하아, 뭐, 지나간 일이니까 어쩔 수 없긴 하지만, 여하튼 만약 걸리기라고 했다면 바로 군기교육대였다고."

"그래도 어떻게 숨긴 거야? 또 재활용 쓰레기장에 갖다 놓기라도 했어?"

실은 점호가 시작되기 전에 도훈이 미리 철수에게 경고를
해둔 것이 있다.

오늘이 최대 위기가 될지도 모르니까 음식물을 자신이 숨
겨놓겠다고.

하지만 재활용 쓰레기장으로 나갈 시간은 없었다. 저녁 식
사 이후부터 생활관 바깥으로 나가는 건 통제되어 있기 때문
이다.

그렇다면 건물 내부에 숨겨야 한다는 뜻인데, 세면장이나
화장실에도 숨기지 않았다. 위생적으로 그건 위험할뿐더러
괜히 다른 훈련병이 발견하기라도 한다면 말짱 꽝이기 때문
이다.

더욱이 도훈은 오늘 당직이 행보관이라는 것도 얼핏 눈치
채고 있었다.

그에게는 2년간의 기억이 있기 때문이다.

물론 2년 동안의 사소한 일까지 일일이 다 기억하고 있다
는 건 불가능에 가깝다. 하지만 훈련소에서 행보관이 당직을
맡았던 첫째 주 주말은 도훈에게도 특히나 기억에 남을 만한
일이 있었기에 오늘과 같은 위기 상황을 예상할 수 있었던 것
이다.

"내일이 되면 알아서 먹을 게 서랍 뒤쪽에 다 정렬되어 있
을 거다."

"무슨 소리야, 그게?"

"말했잖아. 알아서 음식이 제자리에 가 있을 거라고."

"……?"

"자고 일어나 보면 알아. 정확히 점심 먹고 확인해 보면 내 말이 무슨 뜻인지 이해가 될 거야."

영문을 모르겠다는 눈빛으로 도훈을 바라보는 철수였지만, 이내 코를 골며 꿈나라 행 티켓을 끊고 기차에 올라 버린다.

*　　*　　*

다음 날 아침.

오전 식사를 마치고 나서 일요일 아침 특별 행사 시간이 찾아왔다.

이름하여 종교 행사.

연병장에 집합한 훈련병들에게 이제 막 당직 교대를 마친 소대장이 지시를 내린다.

"오른쪽엔 기독교, 왼쪽엔 불교, 그리고 가운데에는 천주교. 가고 싶은 종교 활동에 줄을 서도록 한다. 실시!"

"실시!"

종교 행사는 짬이 안 되면 반드시 참가하게 되어 있다. 군대에서 종교의 자유니 어쩌니 하지만 현실은 그딴 거 없다.

이등병이면 그냥 입 닫고 종교 행사에 참석하는 게 답이다. 괜히 안 간다고 버티다가 선임의 눈치를 받게 되면 부작용이 발생하니까 말이다.

더욱이 훈련병들은 얄짤없다. 도훈과 철수도 종교 행사를 참가하기 위해 고민을 하게 되는데.

"도훈아, 불교는 초코파이 두 개 준다는데?"

"넌 먹을 걸로 종교를 정하냐?"

"그래도 초코파이가 자그마치 두 개라고! 뭐?! 천주교는 오 예스 세 개에 콜라?! 천주교 가자!"

"그 입 좀 다물어라. 그냥 닥치고 기독교 가."

"너 기독교인이었어?"

"교회가 제일 가깝잖냐."

"단지 가까워서? 먹을 거 준다잖아! 왜 안 가는 거야?"

"초코파이는 지겨워서 먹는 것도 짜증날 정도니까."

PX에서 다양한 먹는 걸 좋아하는 도훈이지만(특히 라면류를 좋아한다. 가장 선호하는 건 간짬뽕), 초코파이는 적응이 안 된다.

물론 정말 궁핍할 때는 초코파이라도 아주 달게 먹는다. 예를 들어서 유격 훈련 중이라거나 혹한기에 말이다.

그러나 얼마 전에 PX를 다녀와서 남들 몰래 음식물 저장

창고를 만들어놓은 도훈에게 웬만한 먹을거리로는 그의 환심을 사기 어려웠다.

결국 도훈이 가자는 대로 기독교 행사에 참가하게 된 철수는 눈물을 머금고 천주교로 개종하는 것을 포기하고 만다. 혼자 가는 것보다 아무래도 아는 사람이랑 같이 다니는 것이 철수에게 있어서는 안심이 되기 때문이다.

그리고 어제저녁 도훈이 말한 마술의 정체도 궁금하기도 했으니까.

종교 행사에 참가하게 된 수많은 훈련병이 작은 교회 의자에 다닥다닥 붙어 앉는다. 가뜩이나 좁아 죽겠는데 서로 어깨를 부딪치며 앉으니까 그동안 샤워도 못한 훈련병들의 땀 냄새가 도훈의 코끝을 자극한다.

'아, 이 짠내.'

인상을 팍 찡그리며 빨리 종교 행사가 끝나기를 기원하는 도훈의 눈앞에 사병 밴드가 찬송가를 부르기 시작한다.

당신은~ 사랑받기 위해 태어난 사람~

어설픈 박수 동작과 음정을 맞추며 따라 부르는 훈련병들. 그동안의 고단을 잊기라도 하듯 열심히 따라 부르는 훈련병도 더러 보인다.

이윽고 목사님의 연설이 시작되자 꾸벅꾸벅 졸기 시작하는 훈련병들. 한 명의 잠이 주변의 네 명에게 퍼지고, 그 네

명은 또 여덟 명에게 수면 바이러스를 옮긴다.

기하급수적으로 늘어나는 수면 바이러스를 끝으로 드디어 종교 행사의 막바지가 보이는데.

"여러분, 세례를 받는 분께는 특별히 오예스와 바나나를 드리겠습니다."

"오 마이 갓(Oh, My God)!!"

"신이시여, 감사합니다!!"

목사님의 유혹(?)에 넘어가 순식간에 세례 신청자들이 줄 지어 서는 꼴이 발생하게 되었다. 물론 철수도 튀어나간 상황 이다. 도훈은 귀찮다며 안 받았다.

결국 바나나와 오예스의 유혹에 못 이겨 무교이던 인생에 서 순식간에 종교인으로 타이틀을 바꿔 버린 철수는 비록 반 강제적으로 의식을 치렀지만 먹을 것을 감싸고 행복해하는 표정이다.

그걸 한심스레 바라보는 도훈이나, 사실 그도 2년 전에는 먹을 것의 유혹을 이기지 못했다.

물론 지금은 다르지만 말이다.

"그것보다 중요한 건 이게 아니지."

생활관 내부로 올라오자마자 도훈이 맨 밑에 있는 서랍을 꺼낸다.

그러자,

"역시."

먹을 것이 빼곡히 쌓여 있는 게 아닌가.

다른 훈련병 동기들이 종교 행사를 통해 먹을 것을 잔뜩 가져와 서로 이야기를 나누며 먹느라 정신을 팔려 있을 때 철수를 부른다.

"야, 이리 와봐."

"왜? 우왓?! 이게 뭐야?!"

"닥쳐, 이 새끼야. 들킬 일 있어?"

자고 일어나서 종교 행사에 갔다 오면 절로 음식물이 이동해 있을 거라는 도훈의 말이 진짜로 벌어지고 만 것이다.

분명 도훈은 철수와 같이 있었다. 게다가 혼자서 종교 행사를 빠진 것도 아니기에 도훈에게 음식을 옮길 시간적 여유는 없었다.

"도대체 무슨 마술을 부린 거야?"

"다 방법이 있지."

싱긋 웃으며 다시 서랍을 원위치 시켜놓는다. 도훈만의 필살기가 드디어 빛을 발하게 된 것이다.

"알고 싶냐?"

"그야 당연하지!"

"그렇지만 그건 불가능하다. 그냥 그러려니 하고 넘겨."

"……"

귀신이 곡할 노릇이라며 여전히 도훈을 신기하다는 듯이 바라보는 철수지만, 도훈은 연신 정체 모를 미소만 머금고 있을 뿐이다.

　과연 도훈이 어떤 마술을 부렸기에 말로만 예고한 일이 실제로 벌어진 것일까.

*　　*　　*

　2중대 행보관이 당직사관을 서기 전,

　"예감이 안 좋아. 분명 내 기억으로는 행보관이 오늘 당직사관을 서는 날이란 말이지."

　도훈이 기억을 더듬으며 재활용 쓰레기장을 찾는다.

　인적이 드문 장소임과 동시에 도훈이 자주 애용하는 소환 장소(?)이기도 하다.

　"야, 앨리스, 후딱 나와 봐."

　라고 말해보지만 묵묵부답.

　부르면 언제든지 달려오겠다고 지껄여 놓고 막상 부르니 대답조차 없다.

　살짝 짜증이 난 도훈이 목소리를 살짝 높이며 다시 한 번 모든 사건의 원흉을 호출한다.

　"후딱 안 오냐, 모든 사건의 원흉."

"아, 진짜 왜 자꾸 불러대고 그래?"

아무것도 없는 공간에서 사르륵 모습을 드러낸 앨리스가 긴 머리카락을 휘날리며 사뿐히 바닥에 착지한다.

"아리따운 아가씨를 불러내는 장소가 매번 쓰레기장이야? 너도 참 매너 없는 남자구나?"

"시끄러워. 그리고 얼마 전에 네 입으로 여자도 아니라고 했잖아."

"신체적으로는 여성 맞잖아."

"안의 내용이 여자가 아니라면 말짱 꽝이야."

퉁명스럽게 대답하는 도훈이지만, 그래도 겉모습은 천생 미인인지라 시선이 안 갈 수가 없다.

게다가 요새는 앨리스가 한층 여성이라는 육체에 재미가 들렸는지 묘하게 센스 있는 옷을 입고 등장한다.

누가 옷을 골라주는 것인지, 아니면 본인이 패션 잡지 같은 것을 보고 참고해 입는 것인지는 도훈으로서도 알 길이 없다.

결론은 앨리스란 여자는 외형적으로 예쁘다는 것. 하지만 내면적으로도 예쁜지에 대해서는 의문이 든다.

"어쨌든 부른 이유부터 말하시지. 나 오늘 야근이라서 바쁘단 말이야."

"차원관리자도 야근 같은 걸 해?"

"말했잖아. 인턴이라고. 잘 보여야 살아남는 건 인간이나 차원관리자나 마찬가지야. 다 그놈의 상사가 문제란 말이지."

마침 잘됐다는 듯이 직장인의 애환을 털어놓기 시작한 앨리스였으나,

"잔말 말고 내 부탁 하나만 들어줘."

"부탁하는 사람의 태도가 아니잖아, 그건."

앨리스가 볼을 부풀리며 뾰로통하게 대답한다. 자신의 투덜거림을 받아주지 않아서 삐치기라도 한 것일까.

그 모습이 또 귀엽게 느껴지긴 하지만, 도훈은 다시 한 번 이 녀석이 평범한 인간 여성이 아닌 괴생물체라는 사실을 뇌리에 되새긴다.

"간단한 거야."

"어? 그거 지금 '소원' 이야?"

"간단한 부탁이라고 방금 말했잖아. 그리고 하나밖에 없는 소중한 소원을 그런 식으로 낭비하려 하지 말라고, 이 여편네야."

"쳇. 아깝네."

2년의 군 생활을 대가로 도훈에게 혜택을 줘야 하는 앨리스의 입장에선 실로 아까운 기회를 놓친 셈이나 다름없다.

그렇다고 도훈의 부탁을 안 들어주기에도 뭐한 상황. 만약 들어주지 않을 경우에는 매번 자신을 호출하며 괴롭힐 게 뻔

하다.

가뜩이나 인턴 생활 때문에 바빠 죽겠는데 도훈까지 자신을 호출해 대면 말 그대로 스트레스 제조기가 되는 것이다.

"알았어. 뭔데?"

팔짱을 끼면서 불만족스러운 표정과 동시에 도훈에게 용무를 후딱 말해보라고 재촉하는 앨리스.

그러자 도훈이 씨익 웃으며 용무를 말한다.

"내 관물대 안에 보면 검은 비닐봉지가 있을 거야."

"사람 시체라도 들어 있어?"

"넌 왜 그렇게 부정적으로 연관시키냐. 내가 살인이나 저지를 사람으로 보여?"

"응."

"…은근슬쩍 순수한 남정네의 마음에 상처를 주는 아가씨로구만."

앨리스의 단호한 답변에 살짝 짜증이 올라온 도훈이었으나, 이내 명경지수의 마음가짐을 외치며 분노를 다시금 목구멍 안으로 삼켜 소화시켜 버린다.

여기서 화를 내봤자 자신만 손해다. 게다가 본인은 지금 부탁하는 입장이다. 여기서 괜히 앨리스를 더 토라지게 만들면 곤란해지는 건 결국 이도훈 자신이다.

"그 검은 봉지에는 나하고 철수가 PX에서 몰래 가져온 음식물이 있어."

"몰래? 이야, 대단하네."

"그 정도야 기본이고. 여하튼 그 음식물을 내일 오전 10시 반에 내가 알려주는 장소로 옮겨줬으면 하는데."

"내가?"

"내일 오전 10시에서부터 11시 사이에 종교 행사가 있을 거야. 다르게 표현하자면, 훈련병 생활관에 아무도 없는 시간 이라는 뜻이지. 네가 음식물을 나와 철수 서랍 뒤편에 넣어두 는 장면을 볼 수 있는 사람은 아무도 없어."

"혹여나 그런 사람이 있다면?"

"어차피 넌 나 말고 다른 사람 눈에 보이지 않는다며. 그럼 문제없잖아."

"흐음. 일리 있는 말이야."

어느새 도훈에게 설득되어 버린 앨리스의 태도를 본 도훈 은 속으로 바보인지 아니면 순진한 것인지 모르겠다는 생각 이 들었다.

"어쨌든 간단하잖아. 이 정도 부탁은 들어줄 수 있지?"

"뭐… 어렵진 않은데……."

공짜로 노동을 제공하기에는 앨리스의 자존심이라고 해야 할까, 고작 하찮은 인간 주제에 감히 차원관리자를 이용해 먹 으려는 도훈의 태도가 솔직히 말해서 앨리스에겐 발칙하게 느껴졌다.

여기서는 확실하게 상하 관계를 정리하고 가는 것이 좋겠다는 판단한 앨리스.

누가 갑(甲)이고 누가 을(乙)인지 관계를 정해둘 필요가 있었다.

"이봐, 인간. 거듭 말하지만 난 너보다 훨씬 더 대단한 존재……."

"설마 이런 간단한 일도 못하는 거야? 차원관리자가?"

"천만에! 충분히 할 수 있지!"

"그럼 쉽겠네. 잘 부탁한다."

"오케이! 나만 믿으라고… 가 아니잖아! 야, 이도훈! 어디가는 거야?! 잠깐 기다려!"

이도훈의 잔머리는 이미 앨리스의 범주를 훨씬 뛰어넘은지 오래였다.

＊　　　＊　　　＊

"결국 투덜거리긴 했지만 일은 제대로 잘하는구만."

누운 채로 혼잣말을 중얼거리는 도훈이 피식 웃으며 앨리스를 떠올린다.

"그 녀석, 인턴 생활은 잘하겠네. 나중에 정직원은 무난하게 될 거 같아."

그렇게 된다면 자신은 본래의 차원으로 돌아갈 수 있다.

물론 지금의 생활도 나쁘진 않다. 군 생활 2년을 더 해야 한다는 사실만 떠올리면 복창이 터질 것 같지만, 그래도 앨리스가 보답을 한다고 하지 않는가.

돈이면 돈, 권력이면 권력, 여자면 여자. 차원관리자가 해준다고 하니까 도훈의 입장에서는 그저 믿고 기다리는 수밖에 없었다.

그렇지 않고 공짜로 남의 군 생활 2년을 더 해준다고 생각하면 지금 당장 스트레스 과다 분비로 뇌가 터져 버릴지도 모른다.

아니, 엄밀히 말하자면 남의 군 생활도 아니다.

또 다른 자신의 군 생활이니까.

'그렇다 해도 또다시 군 생활을 하는 건 싫다고!

그건 그거, 이건 이거다.

공과 사, 그리고 확실한 사리 구별의 선두 주자를 자처하고 싶은 기분을 억누르며 잠을 청한 도훈은 스르르 철수가 타고 간 꿈나라 행 기차에 오른다.

그리고 몇 시간 뒤,

"기상하십시오."

불침번의 목소리와 함께 천장에 붙어 있는 형광등이 켜지고, 동시에 익숙한 기상나팔 소리가 들린다.

"…아침마다 좆같네, 진짜."

눈곱을 떼면서 반사적으로 모포를 접기 시작한 도훈이 상쾌한 아침부터 욕지거리를 내뱉으며 빠르게 환복을 한다.

도훈이 군복을 입고 전투화의 끈을 매고 있을 무렵, 철수는 이제 겨우 모포를 다 개고 전투복을 입고 있다. 이것이 바로 말년병장과 새내기 신병과의 넘을 수 없는 4차원의 벽.

거의 군 생활의 신급으로 빠르게 옷을 갈아입은 도훈은 가볍게 몸을 풀면서 바깥으로 나갈 준비를 마친다.

"그렇게 느려 터져 가지고 군 생활 잘할 수 있겠냐."

"그러는 너야말로 왜 그렇게 비정상적으로 빠른 거야. 누차 말하지만, 내가 느린 게 아니라 니가 빠른 거라고."

이미 나갈 준비를 다 마친 도훈과는 다르게 철수의 말대로 다른 훈련병 역시 이제 막 전투복을 입느라 분주한 모습이다.

2년 짬밥의 경력을 뛰어넘을 수 있는 훈련병은 없다. 그렇기에 도훈이 가장 빠른 준비를 마친 것이다.

"화장실이나 갔다 올까."

여유롭게 모닝 배설까지 마치고 연병장으로 향하는 도훈. 화장실에서 큰 볼일까지 마치고 왔음에도 불구하고 연병장으로 나온 순위는 중간 정도이다.

오와 열을 맞추면서 시작된 점호. 보고가 끝나고 구보까지 마친 뒤 생활관으로 돌아온 도훈은 가장 먼저 생활관 문에 걸려 있는 훈련소 스케줄 표를 살펴본다.

1주차인 정신교육을 어떻게 버텨야 좋을지 벌써부터 걱정되기 시작한다.

도훈이 가장 자신 없어하는 것이 바로 정신교육. 거의 수면제 계의 핵폭탄 급인 정신교육을 제정신으로 버텨낼 수 있는 훈련병이 과연 존재할 수 있을까.

말년병장인 도훈조차 수면의 유혹을 버티기 힘든데 말이다.

천하장사도 들어 올릴 수 없다는 게 바로 졸린 눈꺼풀이라고 한다.

만약 훈련병 중 한 명이라도 조는 모습을 들키는 순간 이들에게는 지옥이 펼쳐질 것이다.

또다시 찾아온 교회.

군대에서 교회란 장소는 단순한 종교 활동 하나만을 목적으로 건설된 그런 장소가 아니다. 정신교육으로도 활용될 수 있는 다용도 건물.

종교적인 의미는 잠시 후순위로 미루고, 오늘은 안보 교육을 위한 훈련병들의 집합 장소 역할을 톡톡히 하고 있다.

"부대 차렷!"

오늘의 안보 교육 담당은 바로 대대장.

느닷없이 첫 번째 정신교육부터 중간 보스급이 등장한 탓에 훈련병 일동은 잔뜩 긴장한 표정으로 정신교육에 임한다.

정신교육 신고를 담당하게 된 중대장 역시도 마찬가지다. 식은땀을 흘리면서 거수경례를 하자 대대장이 고개를 끄덕인다.

"훈련병들 상태가 아주 좋군! 눈빛이 다들 초롱초롱해! 하하하!"

오늘의 대대장은 기분이 좋은지 연신 웃음을 남발하며 정신교육을 시작한다.

그러나 훈련병들의 눈빛이 초롱초롱할 수밖에 없다는 사실은 대대장 본인으로서는 잘 모를 것이다.

왜냐하면 대대장이 교회에 도착하기 전에 중대장이 훈련병들을 향해 이렇게 말했기 때문이다.

'한 명이라도 조는 사람이 발견될 경우에는 즉시 얼차려다. 이상!'

섬뜩한 경고를 한 탓에 훈련병들은 오늘만큼은 수면과 바이바이 인사를 나누며 정신교육에 몰두한다. 생전 처음 보는 밋밋한 영상과 더불어 어설픈 태도로 병기본에 나와 있는 총검술 자세를 취하는 시범 병사의 모습까지.

재미라고는 하나도 없는 동영상이 끝난 이후 대대장의 교육이 시작되었다.

드디어 시련의 시작!

"에… 우리나라는 현재……."

교장 선생님의 훈화보다도, 그리고 대학에서 강사의 강의보다도 더 뛰어난 수면 파워를 자랑하는 대대장의 일장 연설이 발동되는 순간이다.

과연 훈련병 중에서 이 졸음의 순간을 견딜 수 있는 자가 존재할까. 이도훈조차도 이를 버티는 건 쉽지 않다. 그 증거로 벌써부터 눈이 감기려고 하니 말이다.

'젠장! 정신 차려!'

허벅지를 꼬집으며 필사적으로 졸음을 참으려 하지만 오늘따라 눈꺼풀이 왜 이리도 무거운 것인지 도훈으로서는 알 수 없다. 아니, 여기에 있는 모든 훈련병이 그렇게 생각하고 있을지도 모른다.

절대로 들어 올릴 수 없는 수면의 유혹!

그걸 버틸 수 있는 자가 세상에 과연 얼마나 존재할 것인가.

한창 열띤 강연을 펼치던 대대장의 표정이 점점 굳어가기 시작한다. 그리고 마침내,

"124번 훈련병."

"124번 기, 김철수!!"

"많이 피곤한가 보군그래. 허허. 이 대대장이 앞에 있는데도 푹 숙면을 취하니 말이야. 안 그런가? 허허."

겉으로는 웃고 있지만 속으로는 이를 박박 갈고 있을 대대장의 한마디에 덩달아 중대장의 등에도 식은땀이 절로 흐르기 시작한다.

실수다. 분명 훈련병들에게도 철저하게 교육을 시켜놨건만, 결국 대대장이 보는 앞에서 조는 훈련병이 나타나고 말았다.

'아, 좆 됐다!'

모든 훈련병의 절규가 울려 퍼지는 교회 안. 대대장이 강연을 마치고 퇴장하자 머지않아 중대장의 호통 소리가 교회 안을 가득 채우기 시작한다.

"현 시간부로 모든 훈련병들 연병장으로 집합!!"

"지, 집합!!"

결국 지옥문이 열리고 말았다.

"하나에 정신을, 둘에 차리자. 실시!"

"정신을!!"

"차리자!!!"

"목소리 더 크게!!"

조교와 중대장의 목소리가 커질수록 훈련병들의 앓는 소

리도 덩달아 커진다.

연병장을 가득 채운 훈련병들의 기합 소리, 그리고 얼차려의 향연.

지적을 받게 된 124번 훈련병 김철수는 연신 미안한지 다른 동기들 앞에서 고개를 숙인 채 묵묵히 얼차려를 받는 중이다.

훈련병들 역시도 자신들도 졸긴 했지만 그래도 사람 심리라는 게 남 탓을 하게 되어 있는 법. 졸긴 했지만 결과적으로 철수 때문에 이 얼차려를 받게 된 것이다.

한동안 땀 한 바가지를 내고 나서야 겨우 생활관으로 복귀한 훈련병들.

"너 때문에 다들 얼차려 받은 거 아냐?"

맞은편에 자리한 훈련병 하나가 철수에게 시비조로 말을 건다. 철수는 미안한 맘에 고개를 푹 숙이고 말한다.

"…미안."

"미안하면 다냐? 너 때문에 이게 뭔 짓거리냐."

짜증 가득한 목소리로 철수를 질책하지만, 중간에 말을 끊은 제3자가 등장한다.

"그만해라. 어차피 니들도 다 졸았잖아."

도훈이 훈련병들을 한 번씩 노려보며 경고한다. 물론 도훈 본인도 졸긴 했다. 하지만 결과적으로 그 총대를 멘 것이 재수없게도 철수가 되었을 뿐이고, 철수가 아니었더라도 분명 누군가가 총대를 멨을 것이다.

결국 어차피 받을 얼차려였다는 사실.

"그래도 저 새끼 때문에 개고생했다는 건 변함없는 사실이 잖아."

"아, 씨발 새끼! 진짜 쪼잔하게 구네. 너, 리그 오브 레전드 할 때도 그렇게 맨날 팀 탓만 하면서 게임했냐? 뭘 그리 남 탓이 심해!"

"뭐라고?!"

"꼬면 덤비든가."

거침없는 도훈의 도발. 행보관과의 심리전도, 그리고 우매한 조교와의 총기 결합 내기에서도 당당하게 헤쳐나가는 사이 도훈의 영향력은 알게 모르게 훈련소 동기들에게 있어서 널리 퍼져 나가고 있었다.

한마디로 같은 훈련병 동기지만 도훈은 절대로 얕잡아볼 수 없는 커다란 존재인 셈.

그 기세라는 것 역시도 쉽사리 무시할 수 없다.

"…운 좋은 줄 알아라, 124번."

철수에게 시비를 걸던 훈련병이 혀를 차면서 다시 제자리로 돌아간다.

그러자 도훈 역시도 자신의 자리로 돌아와 접어놓은 매트리스에 등을 기대고 눕는다.

"고, 고마워, 도훈아."

"됐어. 까짓것, 좀 수도 있지. 만약 네가 안 걸렸으면 내가 걸렸을지도 모르니까 신경 쓰지 마."

"……"

산만 한 덩치가 축 늘어져 안쓰러울 정도로 기운을 잃은 티를 역력하게 내기 시작한다. 철수의 넓은 등을 보면서 자신도 모르게 한숨을 내쉬는 도훈.

고작 알고 지낸 지 1주일 남짓 하지만 도훈은 어느새 철수에게 전우애를 느끼고 있었다.

훈련소 기간 동안 알고 지내던 동기여서 그런 것일까. 2년 전 그때는 도훈도 철수에게 이런 위로의 말을 건네기 쉽지 않았다.

하지만 지금은 다르다. 군 생활이라면 여기에 있는 훈련소 조교들보다도 훨씬 압도적인 경력을 자랑하는 도훈이기에 생활관 분위기도 대충 짐작할 수 있다.

생활관에서 고립되면 훈련소 생활은 더더욱 고달파진다.

외로움은 그 어떠한 시련보다도 견디기 힘든 장애물이 되니까 말이다.

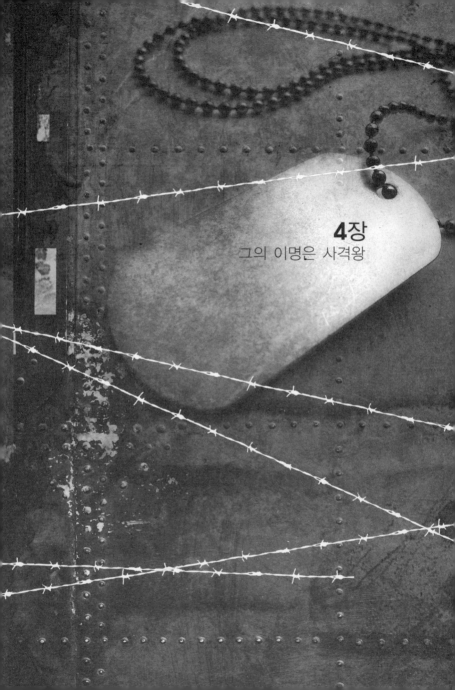

4장
그의 이명은 사격왕

철수 사건이 있어서 그랬던 것일까.

정신을 바짝 차리고 간신히 정신교육 주간을 버틴 훈련병들은 드디어 2주차로 넘어가는 주말을 맞이하게 되었다.

물론 그 이후로도 몇몇 훈련병이 조는 모습을 보인 탓에 얼차려의 향연은 끝나지 않았지만, 그래도 이 정도면 무난하게 넘어간 편이다.

아무래도 철수 사건이 다른 훈련병들에게 큰 자극이 됨과 동시에 정신교육이 몸은 편하지만 마음은 제일 고달픈 것이라는 사실을 훈련병들에게 각인시켜 준 효과가 발동되었다고 보는 게 좋을 듯싶다.

"2주차에는 사격과 경계란 말이지."

2주차부터는 불침번만이 아니라 외곽 근무에 투입되기 시작한다. 말이 외곽 근무지 사실은 생활관 건물 근처에서 총들고 서 있는 게 고작이다.

실제로 탄약고나 위병소에 근무하는 건 훈련소에 있는 사병들이 할 일이고, 훈련병들이 외곽 근무를 서는 이유는 외곽 근무가 어떤 것임을 대략적이나마 체험하게끔 만들어주는 수단에 불과하다.

"사격이 가장 큰 문제겠군."

도훈으로서는 별다른 문제가 되지 않는다. 말년병장 시절에만 해도 스무 발 중 기본 열다섯 발 이상은 맞추던 실력자니까 말이다.

하지만 다른 훈련병들이 걱정이다.

특히나 김철수.

저번 정신교육 사건 때문에 많이 풀이 죽어 있는 녀석이 과연 사격에서 잘해낼 수 있을지 도훈에게 있어서는 걱정으로 작용하는 중이다.

게다가 영점조차 실패하면 계속해서 PRI를 시키기 때문에 육체적으로도 고단함을 맛보게 된다.

PRI, 즉 피 튀기고, 알배기고, 이 갈린다는 전설의 사격 동작 훈련.

도훈도 PRI만큼은 피하고 싶은 게 솔직한 심정이다. 물론 그의 사격 실력이라면 영점은 기본이요, 합격 발 수 이상은 충분히 할 수 있지만, 사격이라는 건 언제 어디서 무슨 일이 발생할지 모른다.

그리고 지금 자신이 배급받은 총의 상태가 어떤지도 모르고 있다.

"드디어 실제로 총을 쏴보는 거야?"

철수가 세면, 세족을 마치고 스케줄 표를 바라보는 도훈에게 묻는다.

그러자 고개를 끄덕이며 대답하는 도훈.

"그런 셈이지."

"사격이라……. 바깥에 있을 때 형들한테 들었는데, 소리가 엄청 크다며. 귀마개 안 하면 귀가 계속 삐 하고 울린다던데?"

연신 자신이 들은 사격 일화를 풀어내며 도훈에게도 충고를 해주는 철수지만, 이미 사격에 대해서는 통달한 지 오래인 도훈은 한 귀로 듣고 한 귀로 흘린다.

사격장은 묘한 미스터리가 한 가지 있다.

왜 사격장까지 가는데 이리도 많은 시련을 견뎌야 하는 것일까.

왜 사격장을 가는데 산을 오르락내리락해야 하는 것인가.

주간 행군은 아직 시작도 안 했는데, 전투복에 군화까지 신고 산을 오르락내리락하는 탓에 훈련병들의 등에는 땀이 비 오듯 쏟아지고 있다.

그냥 올라가도 힘든 45도 각도의 가파른 산인데, 익숙하지도 않은 군화 탓에 몸은 천근만근, 게다가 총의 무게는 계속 오른쪽 어깨를 짓눌러 온다.

"헥헥!"

철수 역시도 죽을 맛에 쓰러지기 일보 직전. 도훈도 힘든 건 마찬가지지만, 그래도 군화의 감촉은 매우 익숙하기에 다른 훈련병들에 비해 크게 피곤한 기색은 아니다.

죽음의 언덕을 넘어 드디어 보이기 시작하는 사격장.

처음 보는 사격장의 모습에 훈련병들에게서 탄성이 절로 나온다.

100사로, 200사로, 250사로. 게다가 표적이 사로별로 절로 올라오는 자동화 시스템으로 구성되어 있다.

총을 들고 터벅터벅 집합한 훈련병들을 모아두고 시작된 점심 식사.

훈련소에서 사격장까지 얼마나 먼 거리인지 출발하고 도착하자마자 점심 식사를 하게 되었다.

"아! 죽는 줄 알았다!!"

철수가 부식으로 받아 든 우유를 꿀꺽꿀꺽 마시더니 이제야 살맛이 난다며 불만을 토로한다.

"왜 이리 먼 거야, 이 사격장은?"

"그러는 너야말로 덩치에 안 맞게 왜 이리 체력이 저질이냐?"

된장국을 들이켜며 묻는 도훈의 질문에 철수가 멋쩍은 듯 머리를 긁적인다.

"저번에도 말했잖아. 특징이라고는 아무것도 없다고."

"덩칫값 좀 해라. 누가 보면 체대 다니는 녀석으로 착각할 정도의 체격이면서 정작 아무것도 못하냐."

"아, 아무것도 못하는 건 아니야! 이래 봬도 힘은 좋거든!"

"어련하시겠다."

2년 전 도훈은 155㎜ 견인곡사포 포병이었다. 포탄을 옮길 때마다 허리가 부러질 것 같고 어깨뼈가 함몰될 것 같은 기분을 느끼며 매번 훈련에 임했다.

특히나 실탄 사격 훈련을 할 때는 말 그대로 이등병은 쉴 틈도 없이 욕을 먹게 된다.

긴장감을 유발해서 사고를 줄이기 위한다는 목적으로 욕을 한다고 들었지만, 그래 봤자 정작 듣는 이등병 기분 나쁜 건 사실이다.

그래도 실탄 사격에 사고가 발생하면 매우 위험하다. 그렇기 때문에 간부들 역시도 훈련을 할 때는 선임병이 후임병에게 욕설을 퍼붓는 것을 암묵적으로 허락하고 있다.

사고를 당하는 것보다 훨씬 나으니까.

그리고 지금 이 순간도 마찬가지다.

"똑바로 안 하냐, 씨발 새끼들아!!"

"죄송합니다!!"

어영부영하는 후임 조교들에게 쌍욕을 퍼붓기 시작하는 조교 한 명. 도훈은 재빨리 저 조교가 조교들 사이에서 가장 실세임을 눈치챘다.

'그나저나 우리 일병 조교는 뭐하고 있으려나.'

점심 식사를 하면서 사격 준비에 여념이 없는 조교들을 살펴보던 도훈의 시선에 우매한 조교의 모습이 보인다.

조교들 역시도 훈련병들이 사격하기 전에 사격을 할 예정인지 나란히 줄을 서서 사격장 안전 수칙에 대해 복명복창을 하고 있는 중이다.

사병들을 대신해 간부 교관이 훈련병들을 집합시키고 말한다.

"조교들이 하는 거 똑바로 보도록. 너희도 그대로 따라 해야 할 것들이다."

"알겠습니다!"

이윽고 각자 자신이 사격할 사로의 번호를 복창하며 사로

별로 들어가는 조교들. 훈련병들 시선은 그저 생소하며 신기하다는 눈초리다.

오로지 한 명, 도훈만이 지겹다는 듯 연신 하품을 해대고 있다.

그리고 이어지는 총성.

타—앙!!

한 발만 쐈을 뿐인데도 불구하고 엄청난 총성이 훈련병들의 귓가를 사정없이 강타한다. 순간 놀란 훈련병들은 확 잠이 달아난 표정으로, 혹은 얼이 빠진 표정으로 자신의 귀를 막는다.

타앙!! 타아앙!!

계속해서 울리는 총성. 혼비백산한 오합지졸의 모습을 아주 여실히 보여주는 훈련병들을 보며 도훈이 혀를 찬다.

"저래 가지고 방아쇠나 제대로 당길 수 있을지 모르겠다."

여유가 넘치는 도훈의 태도를 수상히 여기고 철수가 귀를 막은 채 묻는다.

"넌 괜찮은 거야?"

"난 지겹도록 쐈봤으니까. 저런 건 껌이지."

"뭐라고? 잘 안 들리는데?"

"그럼 귓구멍에서 손을 떼던가, 병신아."

팔짱을 낀 채 멀찌감치 각 사로의 표지판을 바라본다.

자대에서는 저렇게 자동적으로 표적이 올라오지 않았지만 신병교육대는 다르다. 최신식이다 뭐다 해서 도훈이 머물렀던 자대보다는 훨씬 좋은 시설을 지니고 있다.

그렇지만 역시 훈련소 생활보다는 자대 생활이 편하다.

하지만 자대에 배치되기까지는 앞으로 대략 4주가 남은 상황. 이 상황을 어떻게 버텨야 할지 고민하던 도훈의 귓가에 드디어 올 것이 오고 말았다는 신호가 들려온다.

"훈련병들은 집합하도록. PRI를 시작하겠다."

"이런 제기랄!!"

머리카락이 길다면 쥐어뜯고 싶을 정도로 괴로운 단어가 들려오고 말았다.

PRI(Preliminary Rifle Instruction:사격술 예비훈련)!

피 터지고, 알배기고, 이가 갈린다는 바로 그 훈련이 다가온 것이다.

PRI의 정체를 너무나도 잘 알고 있는 도훈은 두려움에 몸서리를 치지만, 아무것도 모르는 철수는 'PRI? 국제기구 이름 같네?' 하며 바보천치 같은 소리를 하고 있다.

진짜 친구만 아니라면 뒤통수를 확 후려갈기고 싶은 기분이 드는 도훈이었으나 모르는 게 약이 될 때도 있는 법이다.

아마도 철수가 바로 그런 경우이지 않을까 싶다.

그리고 속으로 확신한다.

분명 철수도 PRI를 겪어보면 도훈과 똑같은 반응을 보일 것이라고 말이다.

총을 들고 집합한 장소는 흰색 원형의 기둥이 있는 곳.

원형 기둥에는 훈련병들에게는 매우 생소하게 검은색의 미묘한 점들이 다닥다닥 붙어 있다.

저 점들의 정체가 무엇인지 서로 추측해 보는 훈련병들이지만 도훈은 이미 그 정체를 알고 있다.

100사로와 200사로, 그리고 250사로의 표적을 이미지화시킨 것, 그리고 저걸 상대로 훈련병들은 끔찍한 훈련을 해야만 한다.

"그럼 숙달된 조교의 시범을 먼저 보도록 하겠다. 조교 앞으로."

"앞으로!"

사격을 방금 마치고 온 우매한 일병이 총을 들고 자세를 취한다.

마치 100미터 단거리 달리기를 할 때의 준비 포즈.

두 팔은 총을 들고 지면을 향해 있으며, 한쪽 다리는 몸 뒤쪽으로 쭉 뻗은 채 고개는 전방을 주시한다.

금방이라도 앞으로 튀어나갈 듯한 자세에 기묘한 궁금증을 느끼는 훈련병들.

이러한 궁금증을 해결이라도 해주듯 교관의 설명이 이어

진다.

"이것이 바로 전진무의탁 자세라고 한다. 준비 자세라고 할 수 있지."

호루라기를 한 번 불면서 외치는 교관의 한마디.

"250사로 봐앗!"

"250사로 봐앗!!"

복명복창과 동시에 한 손을 지면에 대고 두 다리를 45도 각도로 벌리며 쭉 뻗는다.

그와 동시에 빠르게 지면 앞으로 취침 자세로 누워 전방을 향해 총구를 세우고 총을 겨누는 우매한 일병.

'역시 조교라 그런지 폼 하나는 FM이구만.'

도훈도 혀를 내두를 정도로 완벽한 동작이다. 자신도 2년 짬밥을 먹은 말년병장이지만, 저 정도로 FM은 선보이기 힘들다.

물론 훈련소 조교들은 전문적인 자세 교육까지 훈련하기에 저런 완벽한 포즈가 나오는 것이지만 그래도 놀라운 건 사실이다.

계속해서 연이어 '100사로, 그리고 200사로 봐앗!' 을 외치는 교관. 그에 따라 각양각색으로 자세를 바꿔가며 선보이는 우매한 조교의 시범에 훈련병들의 눈빛은 어느새 경외심까지 서려 있다.

"보기보다는 쉬워 보이는데?"

철수의 겁 없는 말 때문일까. 도훈이 순간 전투화로 철수의 정강이를 찬다.

"악!! 뭐하는 짓이야?!"

"니가 직접 한번 해보면 그런 말 안 나올 거다."

"도대체 저게 뭐가 어렵다는 건지……."

투덜거리는 김철수였지만, 훈련병들이 이 PRI 훈련을 시작한 지 5분 만에 가장 먼저 앓는 소리를 낸 건 다름 아닌 김철수였다.

"이, 이백오십사로… 봐앗!!"

거친 호흡과 점점 까지기 시작하는 팔꿈치와 무릎. 체력은 이미 언덕을 오르락내리락하느라 바닥이 난 상태에서 악마의 훈련이라 불리는 PRI까지 소화하려니 철수의 인내심은 바닥을 기고 있다.

철수와 마찬가지로 다른 훈련병들 역시도 죽을 맛이라는 표정으로 교관을 악마 쳐다보듯 바라보고 있다.

"뭐하냐. 전진무의탁 자세로 안 돌아가나!"

악마 교관의 호령에 다시 일어나 전진무의탁 자세로 돌아간 훈련병들.

그나마 도훈은 어느 정도 몸에 익었고 나름의 요령도 있기 때문에 적절히 체력 안배를 해가며 버티고 있지만 슬슬 도훈도 한계에 다다르고 있다.

그때가 되고 나서야,

"10분간 휴식."

"사, 살았다!!"

안도의 한숨 소리가 여기저기서 들려온다. 지옥 같은 시간에서 약간이나마 희망의 빛이 새어들어 오기 시작한 것이다.

$$* \qquad * \qquad *$$

지옥 같던 PRI가 끝나고 드디어 다가온 영점사격.

총을 처음 쏴보는 일에 대해 매우 긴장감을 느끼는지 긴장한 표정이 역력한 훈련병들이 사격장 안전 수칙을 따라 하며 복명복창한다.

철수와 도훈이 속한 7조 역시도 사격 준비를 하기 위해 투입된다.

"노리쇠 후퇴 고정!"

"노리쇠 후퇴 고정!"

"조정간 안전!"

"조정간 안전!"

바로 앞 조가 사격을 끝내고 내려오자 드디어 도훈이 속한 조가 사격할 차례가 되었다. 도훈이 속한 사로는 7사로. 철수는 도훈의 바로 옆자리인 8사로에서 하게 되었다.

　도훈을 담당하게 된 건 일병 조교 우매한.

　"123번 훈련병."

　"123번 훈련병 이도훈."

　"개인적으로 조교가 아주 기대하고 있는 훈련병입니다. 사격에서도 그 실력 유감없이 보여주기 바랍니다."

　"……."

　"훈련병이 사격 만발을 해준다면 본 조교도 다른 조교에게 자랑거리가 생깁니다. 기대하고 있겠습니다."

　"예, 알겠습니다."

　알게 모르게 우매한 조교와 여기저기서 부딪치며 많이 친해진 듯한 느낌을 받는 이도훈.

　처음에는 우매한을 상당히 못마땅하게 봤지만, 사람은 계속 보다 보면 정이 든다고 하지 않던가. 그게 미운 정이든 고운 정이든 결국 정이라는 게 생기게 마련이다. 그것이 바로 군대의 마력.

　'우리 일병 조교 기 한번 살려줄까.'

　자기가 담당하는 훈련병 중에 만발이 나온다면 그만큼 조교도 뿌듯함을 느낀다.

　혹시 간부에게서 뭔가 떨어지는 것이 있을지도 모른다. 여러모로 조교에게 미안한 짓도 한 도훈이기에 이번 사격에서는 모처럼 우매한에게 좋은 선물을 해주자고 결심한 도훈은 가늠쇠에 시선을 맞추었다.

가늠쇠에 목표를 올려놓고 쏠 준비를 마친다.

영점사격이기 때문에 200사로와 250사로 표적은 사용하지 않는다. 100사로에 표적지를 붙여놓고 세 발을 쏜 총구가 삼각형을 형성하는지, 또는 한 곳에 집중되어 있는지를 측정해서 영점을 맞춘다.

'오랜만에 실력 발휘 좀 해야겠어!'

포병이지만 자대 내에서도 스나이퍼라는 별명이 붙을 정도로 도훈의 사격 실력은 매우 뛰어났다. 심지어 처음 잡아본 AK로도 만발을 맞출 정도니까 말이다.

"준비된 사수로부터 사격 개시!"

사격 통제관의 말에 따라 제일 먼저 포문을 연 것은 다름 아닌 이도훈.

타─앙!!

엄청난 총구의 소음에 주변에 있던 훈련병들도 깜짝 놀란다. 귀마개를 하고는 있으나 완전히 총구의 소음을 차단할 수는 없다.

오랜만에 오른쪽 어깨를 타고 느껴지는 반동, 희미한 화약 냄새.

'이게 바로 총 쏘는 맛이지!'

묘한 희열감(?)을 느끼며 다시 한 번 표적을 향해 쏜다.

두 발째, 그리고 마지막 세 발째를 마치고 우매한 조교가 통제하기도 전에 익숙하게 총을 내려놓고 사선 바깥으로 가서 대기하는 도훈.

나머지 훈련병들이 사격을 끝낼 때까지 잠자코 지켜보기 시작한다.

유독 걱정되는 철수 쪽으로 시선을 돌린 도훈의 우려와는 다르게 철수도 나름 긴장감을 잘 이겨내며 침착하게 한 발 한 발에 집중하고 있다.

영점사격이라 세 발밖에 되지 않지만, 총을 처음 쏴본다는 행위 자체에 의의를 두고 있다.

평범하게 사회생활을 하고, 남들과 똑같이 학교를 다니며, 전쟁과 살상 무기라는 것과는 전혀 먼 생활을 해온 이들에게 과연 처음 총을 쏜다는 건 어떤 느낌일까?

사람을 죽일 수 있는, 방아쇠를 당기는 행위 하나만으로 너무나도 손쉽게 살인을 저지를 수 있다는 병기를 처음 접하게 된 이들이 바로 앞으로 대한민국의 미래를 책임질 기둥들이다.

대한민국의 아들!

한국에 태어나서 내 소중한 사람, 내가 지켜주고 싶은 이들을 위해 20대의 청춘을 국가에 바친다. 하지만 이들에게 세간은 오히려 동정의 시선을, 그리고 일부 몰상식한 여자들은 국가의 노예처럼 인식하고 있다.

나라를 지키는 수호자이면서도 동시에 노예 취급을 받는 이 더러운 사회 현상은 대한민국에서 뿌리 뽑혀야 할 관습이다.

자신이 직접 경험하지 않았기에, 그리고 앞으로 경험할 일도 없기에 대한민국 남자들에게 손가락질하는 그런 자들을 위해 이들은 묵묵히 총을 든다.

"전 사로 사격 완료. 전 사로 사격 완료."

통제관의 지시에 따라 영점사격 표적지를 확인하러 가는 훈련병들과 각 사로 담당 조교들.

"역시!"

우매한 조교가 표적지를 보자마자 내뱉은 탄성이다.

처음 잡아보는 총임에도 불구하고, 게다가 영점조차 잡히지 않은 총으로 완벽하게 표적지 중앙을 꿰뚫었다.

"훌륭합니다, 123번 훈련병."

"감사합니다!"

물론 우매한은 꿈에도 모를 것이다. 이도훈이 우매한보다도 더 짬밥을 많이 먹은 말년병장이라는 사실을.

본래는 원 안에 들어가야 합격이 아니라 탄착군이 형성되어 있어야 합격이다. 그러나 도훈은 탄착군 형성은 물론이요,

맞추기 힘들다는 원 안에 모든 총알을 다 넣어버린 것이다.

'이 정도야 웃으면서 할 수 있지!'

사격 경력만 2년이다. 훈련소 영점사격은 도훈에게 아무것도 아니었던 것이다.

반면 철수는,

"어떻게 됐냐?"

표적지를 들고 사로에서 내려오는 도중에 도훈이 철수에게 사격 현황을 묻는다.

그러자 철수가 잘 모르겠다는 듯이 표적지를 보여주는데.

"제대로 했나 모르겠어."

"흠."

표적지의 오른쪽 하단에 총알이 몰려 있지만, 그래도 탄착군이 형성되어 있다.

"잘 쐈네."

"거, 거짓말! 표적지에 하나도 안 들어갔잖아?"

"멍청한 녀석아, 영점사격은 표적을 맞추는 게 아니라 이 총이 네 시선에 제대로 맞춰져 있는 것인지 확인하는 작업이야. 클리크 수정만 하면 제대로 되겠구만."

"클리크 수정?"

"너, 조교가 못으로 옛 전화기 다이얼같이 생긴 작은 거 조절해 주지 않았냐?"

"어, 그렇긴 한데……."

"그게 클리크 수정이라고 하는 거야. 다음 사격 때 침착하게 잘 쏘기만 하면 우수한 성적 나오겠다."

"휴우! 다행이다."

안도의 한숨을 내쉬는 철수지만 아직 안도하긴 이르다.

영점사격을 마치고 총 스무 발 중에 열두 발 이상을 맞추지 못하면 공포의 PRI를 다시 해야 한다.

어떻게 해서든 합격점을 받아야 하는 상황. 합격자는 편안한 휴식을, 그리고 불합격자는 사격이 끝날 때까지 PRI를 해야 한다.

본격적인 전쟁은 이제 막 시작되었을 뿐이다.

스무 발의 실탄.

노리는 건 만발!

합격자와 불합격자의 희비가 갈리는 상황에서 도훈은 유심히 표적지를 바라본다.

적중하게 될 경우에는 흰색 표적판이 뒤로 넘어간다. 맞추지 못할 경우에는 그대로 서 있다가 시간이 지나면 절로 뒤로 넘어간다.

자신이 사격했던 7사로 자리로 들어선 도훈에게 우매한 조교가 스무 발이 들어 있는 탄창을 건넨다.

"탄창 인계!"

"탄창 인계!"

통제관의 지시에 따라 탄창을 받은 도훈이 익숙한 손놀림으로 탄창을 장전하고 노리쇠를 전진시킨 뒤 조정간을 단발로 고정시킨다.

"준비된 사수로부터 사격 개시!"

'선빵 필승!!'

영점사격에서도 거침없이 포문을 연 도훈이 이번 사격 역시 가장 먼저 첫 발을 날린다.

가장 먼저 올라온 표적판은 100사로!

초반부터 가볍게 100사로 표적판을 쏴 넘긴 도훈의 시선에 두 번째 표적지가 모습을 드러낸다.

이번에는 가장 먼 250사로 표적지의 등장.

침착하게 호흡을 고르고 모든 신경을 집중시킨다. 방아쇠를 당기기 전, 잠시 호흡을 멈추고 천천히 가늠쇠와 표적지를 일치시킨다.

방아쇠를 당기자 여지없이 뒤로 쓰러지는 흰색의 표적지.

'다음은 200사로 차례다!'

100사로와 250사로가 나왔으니 이제 남은 건 200사로다. 순차적으로 표적지가 고르게 올라온다는 가설을 세워본다면 세 번째로 올라올 표적지를 예상하며 미리 총구를 200사로 쪽에 고정시킨 도훈.

그러나 표적지가 올라온 것은 다름 아닌 100사로 쪽이다.

"쓸데없이 페이크를 섞어놨구만!"

욕지거리를 내뱉으면서 다시 총구를 살짝 비튼다.

괜히 예상해서 수고를 더 들이게 되었지만, 도훈은 아주 익숙하게 100사로의 표적지를 쏴 넘기면서 자신의 실수를 만회한다.

계속해서 이어지는 표적지의 등장.

열다섯 발이 넘어가면서부터 집중력이 흐트러지는 경우도 더러 생기지만, 도훈은 침착하게 표적지에만 모든 신경을 집중시킨다.

말년 때도 묘하게 사격을 할 때면 동기나 후임과 내기를 건 탓에 승부욕이 발동하곤 했다.

지고는 못사는 성격이 바로 이도훈이란 남자의 본성이기도 하다.

스무 발 만발을 목표로 정해놨기에 거침이 없다. 지금 이 순간만큼은 적당히 하자는 이도훈식 군대 생활 철칙도 예외로 두고 있다.

오로지 만발을 향하여 도훈의 총성이 거침없이 불을 뿜고 있을 뿐이다.

그리고 모든 사격이 끝났을 때,

"7사로. 만발!"

"좋았어!!"

도훈의 승부 근성이 빛을 보게 된 순간이다.

2중대에서 유일하게 스무 발 만발의 위엄을 이룩해 낸 인물은 다름 아닌 이도훈.

그것도 모든 기수를 통틀어 혼자뿐이다.

"이 정도야 껌이지. 하하하!"

잔뜩 코가 높아진 채로 잘난 척을 시전하는 도훈의 말에 모든 훈련병이 대단하다는 듯 시선을 보내온다.

처음 잡아본 총으로, 그것도 사회에서는 말로만 듣던 사격에서 스무 발 만발이 나올 줄이야.

물론 전례가 없는 건 아니지만, 영점사격에 이어 실제 사격까지도 우수한 성적을 보인 훈련병은 찾아보기 힘들다.

중대장 역시도 감탄할 정도니까 말이다.

"사격을 어떻게 그리 잘할 수 있는 있는 거야?"

저번 주까지만 하더라도 철수의 졸음 사건 때문에 충돌을 일삼던 맞은편 훈련병도 이번만큼은 도훈에게 경외심을 담아 묻는다.

그러자 한층 더 코가 높아진 도훈이 팔짱을 끼고서 말하길,

"재능이지."

"…재능?"

"그래, 재능."

물론 이건 허세이면서 동시에 올바른 대답은 아니다. 말년 병장이던 도훈에게 있어서 이 정도 사격은 껌 중의 껌. 스무 발이 아니라 마흔 발을 주고서 다 맞춰보라고 해도 그럴 수 있을지도 모른다.

사격 영웅 이도훈!

오늘 그에게 붙은 새로운 별칭이다.

철수도 도훈에게는 못 미치지만 그래도 아슬아슬하게 열세 발로 간신히 합격. 연속해서 PRI를 받아야 할 일은 없었다.

반면 합격점에 도달하지 못한 불쌍한 훈련병들은 합격할 때까지 연이어 PRI를 실시. 눈물을 질질 짤 정도로 강도 높은 PRI 속에서 훈련병들의 비명 소리가 끊이지 않고 들려온다.

*　　　*　　　*

사격 일정을 마치고 돌아온 생활관 내부.

저녁 식사를 마치고 개인 소총을 분리시켜 놓고 열심히 총기수입을 하는 와중에 생활관에 그리 달갑지 않은 손님이 등장했다.

"부대 차렷!"

생활관 책임을 도맡게 된 훈련병이 거수경례를 하면서 외친다.

"2생활관 총기수입 중!"

"쉬어."

"쉬어!"

중대장이 훈련병들을 쭉 둘러보는 중 도훈의 앞에서 멈추며 그를 호출한다.

"123번 훈련병."

"123번 훈련병 이도훈."

"오늘 사격 중 유일한 만발자가 된 것을 축하한다."

"감사합니다!"

"특별히 내일 저녁 만발을 한 훈련병에게 전화 통화 기회를 부여하도록 하겠다. 알겠나?"

"감… 사합니다."

뭔가 진심이 담기지 않은 답변에 중대장이 살짝 의아한 표정을 짓는다.

보통 훈련소로 입소한 훈련병은 전화를 하고 싶어 안달이 난 경우가 대다수다.

통화 상대가 부모님이든 여자 친구든 누가 되었든 간에 전화란 것은 단절되어 있는 바깥세상과의 유일한 통로가 되어 줄 수단이다. 그럼에도 불구하고 도훈의 반응이 영 시원치 않다.

그도 그럴 것이, 말년병장 시절 하도 휴가를 많이 나오니까 집에서 이제 휴가 좀 나오지 말라고 할 정도였다.

도훈에 막 입대했을 때는 '우리 아들!!' 이라고 울부짖던 부모님이었으나 말년이 될수록 이제 휴가 나오는 것도 귀찮아 했다.

'부모님한테 꼭 전화를 해야 하나.'

지겹다고 전화마저 안 받으시던 부모님인데.

그래도 말년병장 때와 지금은 다르다. 자신은 막 입대한 훈련병 신분. 한창 부모님이 아들의 걱정과 보고 싶은 마음이 사무치는 시기다.

'오랜만에 효도나 해보자.'

전화를 해야겠다고 마음먹은 도훈은 힘차게 고개를 끄덕이며 기뻐하는 표정을 연기(?)한다.

그에 따라 중대장도 이제야 도훈의 반응이 평범한 훈련병과 똑같다고 이해했는지 옆에 있던 우매한 조교에게 말한다.

"내일 저녁에 전화할 수 있게 조치하도록."

"예, 알겠습니다!"

그리고 생활관 밖으로 퇴장한다.

그와 동시에 우매한 조교에게 들려오는 질문 한 가지.

"오늘따라 중대장님 기분이 좋아 보이십니다?"

훈련병 중 한 명이 의아한 생각이 들었는지 우매한 조교에게 던진 질문이다.

그러자 우매한이 전투모를 살짝 눌러쓰고 중대장이 기뻐하는 이유에 대해 설명해 주기 시작했다.

"훈련병들은 123번 훈련병이 이번 기수 중 유일하게 만발을 맞췄다는 사실을 알고 있습니까?"

"그야… 알고 있습니다."

"다른 중대에서도 나오지 않은 사격 만발자가 우리 중대에서 나온 덕분에 중대장님께서 대대장님께 좋은 소리를 들으셨습니다. 그 덕분에 중대장님의 기분이 좋으신 겁니다."

모두가 납득했다는 눈으로 우매한을 바라본다.

역시 이도훈. 대대장 정신교육 때 철수의 졸음 사건으로 인해서 침체되었던 중대의 분위기를 한 방에 역전시킨 영웅이다.

"덕분에 123번 훈련병은 전화 포상까지 타게 된 것입니다."

"감사합니다!"

"이 조교도 개인적으로 기대 많이 하고 있으니 앞으로도 군인으로서 뛰어난 모습 많이 보여주기 바랍니다. 알겠습니까?"

"예, 알겠습니다!"

과장된 목소리로 언성을 높이며 힘차게 대답하는 도훈이

나 속으로는 비웃음을 연발하고 있다.

'후후훗, 이제야 이 꼬장의 신에 대한 가치를 알게 된 것이냐. 조교들, 그리고 교관들이여, 난 평범한 훈련병이 아니라고.'

기고만장해진 도훈이었으나 중간만 가자는 자신의 철칙을 무시하면서까지 이리도 튀어도 되나 하는 걱정이 문득 떠오른다.

실로 오랜만에 돌아온 근무. 그것도 외곽 근무다.

오늘은 행운의 여신이 도훈과 철수에게 미소를 지었는지 근무 시간이 10시부터 11시로 환상적인 시간에 배치되었다.

"오늘은 운이 좋군. 크큭."

근무 시간표를 보며 전투복으로 환복한 도훈과 철수는 행정반에 들어가서 오늘의 당직사관에게 신고를 마치고 총을 든 채 바깥으로 향한다.

철수와 도훈이 도착한 곳은 생활관 건물의 가장 오른쪽 구석.

이미 해는 저물었고, 으슥한 산짐승의 울음소리만이 이들을 반길 뿐이다.

"하암!"

늘어지게 하품을 하면서 자신의 손등에 적혀 있는 오늘의 암구호를 바라보는 도훈.

참고로 암구호는 날씨, 기상청이다.

의외로 연관이 잘될 법한 암구호가 등장했기에 까먹을 일은 없지만, 손등에 암구호를 적으라는 교육을 받은 탓에 어쩔 수 없이 도훈은 손등에 암구호를 적은 채 외곽 근무에 투입되었다.

투덜거리긴 하지만 그래도 상관의 명령에 거역할 수 없는 게 군인의 신분이 아닌가. 게다가 자신은 내일 당장 전역하는 말년병장도 아니다. 말단이면 따라야 하는 것이 바로 군대의 룰.

"뭔가 으스스한 곳이네."

분명 사람들이 살고 있는 장소임에도 불구하고 철수는 알 수 없는 공포심에 물들어가는 자신을 느끼고 주변을 둘러본다.

보이는 것이라고는 산과 건물뿐 인기척은 느껴지지 않는다.

"우리 이외의 사람들이 다가오면 무조건 총구를 겨누고 암구호를 묻는 거 잊지 마."

"아, 알았어."

도훈은 철수와 다르게 여유가 넘치는 표정으로 가볍게 몸을 푼다.

본래는 좌경계총도 하고 싶지 않았지만, 외곽 근무 첫날부터 괜히 순찰이라도 나오는 날에는 얄짤없이 걸리는 구도이기 때문에 어쩔 수 없이 좌경계총 자세로 임한다.

만약 장소가 탄약고나 위병소였다면 이미 총을 내려놨을 것이다.

"더럽게 무겁네."

총의 무게감을 벌써 잊은 건 아니지만, 오늘따라 유독 도훈의 허리와 손을 자극하는 무게감 탓에 짜증이 마구 솟구친다.

"그나저나 군인들도 진짜 대단하다. 어떻게 이런 자세로 1시간 동안 서 있는 거야?"

"멍청한 녀석아, 누가 좌경계총으로 FM 근무를 서냐. 자대 가게 되면 다 총부터 내려놓고 근무 서는 거야."

"거짓말하는 거 아니야?"

"거짓말은 개뿔. 팔에 쥐가 날 정도잖아. 그냥 총 내려놓고 순찰자 온다 싶으면 바로 좌경계총 자세로 돌아가서 FM 근무 서는 척하는 거지. 군대는 뭐든지 안 걸리면 장땡이야. 우리가 숨겨놓은 음식도 마찬가지잖아. 안 걸리면 너도 편하고 나도 편하고 모두가 편하지. 세상의 이치다."

"그것도 기억해 둬야 할 것 중 하나야?"

"두말하면 잔소리."

도훈이 2년 전 자대에 들어가고 나서 첫 탄약고 근무를 설

때 선임 근무자가 총을 내려놓으라고 한 적이 있다.

도훈은 그 말이 자신을 시험하는 것인 줄 알고 끝까지 안 내려놓겠다고 버텼는데 알고 보니 진심으로 총을 내려놓으라고 했던 말임을 뒤늦게 깨달은 적이 있다.

군대는 안 걸리면 장땡!

가장 기본적인 사항임과 동시에 어찌 보면 위험을 동반하는 수칙일 수도 있다.

만약 걸리게 되는 즉시 영창과 친밀도를 다져야 하는 상황이 펼쳐질 수도 있기 때문이다.

그래도 도훈은 2년 근무를 하는 동안 한 번도 영창을 간 적이 없다. 나름 바른생활 사나이였으니까 말이다.

괜히 영창 가서 군 생활 더 늘릴 필요 있겠는가.

뭐든지 조심, 또 조심하면 될 일이다.

그런 생각을 하고 있는 그때,

"쉿."

도훈이 반사적으로 철수에게 조용히 하라는 신호를 보내며 총구를 한쪽 방향으로 겨눈다.

"정지. 움직이면 쏜다."

누군가 다가온 것이다.

"정지, 정지, 정지."

낯선 거수자의 등장에 살짝 긴장한 도훈이 다음 대사를 읊는다.

"손들어. 움직이면 쏜다."

그리고 손등에 적어놓은 암구호를 발설하는데.

"날씨."

"……"

"날씨!"

"……"

상대는 묵묵부답. 하필이면 상대방이 멈춘 장소가 가로등 불빛의 사정 범위 바깥이라 형체만 어렴풋이 확인될 뿐 그 이상은 누구인지 확인이 불가능하다.

분명 훈련병들이 근무를 잘 서고 있나 순찰을 돌고 있을 가능성이 농후하다. 그렇다면 도훈의 방금 이 대처는 매우 훌륭한 축에 속하는데.

"철수 네가 가서 저 사람 정체 좀 확인하고 와봐."

"…뭐?"

"그러니까, 저쪽 가로등 불빛 근처에 어슬렁거리고 있는 사람이 누군지 확인해 보라고."

철수에게 다가가 신변 확인을 해보라고 지시하는 도훈. 한 명이 경계하고 한 명이 다가가 정체를 확인하는 건 문제가 없다.

그러나 문제가 발생된 곳이 예상외의 지점이었으니.

"도훈아, 그곳에는 아무도 없잖아."

"무슨 병신 같은 소리를 하는 거야. 저기 양손 들고 서 있는 사람 있잖아. 불빛 아래가 아니라서 잘 안 보일 수도 있지만 있다 없다 정도는 구별할 수 있잖아."

"아니, 그러니까 그런 수준의 문제가 아니라 진짜 아무도 없다니까."

"이 새끼, 졸고 있었냐, 아니면 눈이 삐꾸가 된 거냐? 닥치고 내 대신 총구 겨누고 있어봐. 내가 확인하고 올 테니까."

"진짜 없다니까 그러네."

화를 내며 서 있는 사람을 향해 성큼성큼 다가가는 도훈. 그가 환상을 본 게 아닌 한 분명 존재한다.

철수의 시야가 부족한 것이라고 생각한 도훈은 자신이 틀렸다고 생각하지 않으며 정체불명의 거수자에게 다가가는데.

"…어?!"

없다. 아무도 없다.

방금 전까지 분명 누군가가 자신을 향해 다가왔음에도 불구하고 그 자리에는 아무도 없었다.

설마 이게 말로만 듣던 군대 귀신 일화란 말인가! 머릿속이 온통 하얗게 물들기 시작한 도훈의 앞에 등장한 것은 다름 아닌,

"근무 잘 서고 있나요?"

"이 망할 차원관리자 년이!"

그렇다. 남들의 눈에는 보이지 않고 오로지 도훈에게만 보이는 미녀 아가씨.

왜 하필이면 도훈이 외곽 근무를 할 시간에, 그것도 대놓고 다른 사람이 있는 장소에 나타난 것인지 도훈으로서는 알 수가 없었다.

"남자들만 득실거리는 곳에서 여자를 보니까 행복해?"

"괜히 와서 약 올리지 말고 후딱 퇴근이나 해라."

"쳇, 재미없는 남자네."

뭔가 흥미가 뚝 떨어졌다는 시선으로 혀를 빠끔히 내밀며 메롱 포즈를 취한 앨리스가 사라락 소리를 내며 모습을 감춘다.

시도 때도 없이 나타나는 차원관리자 앨리스 탓에 도훈은 철수에게 도리어 정신병자 취급을 받게 되었다.

'앞으로는 남들 앞에서 앨리스의 존재를 드러내는 행동 같은 건 절대로 삼가야겠어.'

앨리스는 남들에게 보이지 않는다.

그 점을 유의하며 도훈은 다시금 마음을 다잡는다.

*　　　*　　　*

생활관으로 돌아와서 잠을 청하기 위해 침상 위에 누운 도훈. 20분이 지나도록 잠이 안 오는 상황에서 화장실에 갔다 온 훈련병이 주섬주섬 다시 자리에 눕는다.

그와 동시에 도훈의 코끝을 자극하는 정체불명의 냄새.

'…설마.'

도훈의 뇌리에 스친 한 가지 사실이 그에게 잠시 수면 시간을 미루도록 설득하고 있다.

2년 전, 자신이 훈련병 시절 때 벌어졌던 크나큰 사건 중 하나.

그것은 바로 훈련소에서 담배가 발견된 탓에 자던 도중 단체 얼차려를 받았다.

'범인이 저 녀석이었나!!'

이제야 범인의 정체를 알아낸 도훈이었으나, 그렇다고 저 훈련병에게 다가가서 '너, 담배 피고 왔지?' 라고 할 수도 없는 노릇이다.

도훈이 담배를 내놓으라고 해봤자 자신은 조교도 아닐뿐더러 같은 신분의 훈련병이 협박해 봤자 얼마나 효과를 발휘하겠는가.

저 훈련병의 마인드는 아마도 여태 안 들켰으니까 훈련소를 나갈 때까지 절대로 안 들킬 거라고 생각할 것이다.

하지만 그것은 안일한 생각. 실제로 2년 전 저 훈련병 때문에 단체로 새벽에 기합을 받았으니 말이다.

"젠장, 잠도 못 자게 하네."

벌떡 일어난 도훈이 불침번을 부른다. 잠시 화장실에 가겠다고 말한 뒤에 밖으로 나온 도훈은 우선 담배를 숨길 만한 장소를 모색해 본다.

일단 가장 유력한 정보는 바로 화장실.

이 새벽에 담배를 피울 만한 장소는 화장실밖에 없기 때문이다.

"여길 설마 또 오게 되다니."

각 사로의 문이 모두 열려 있는 것을 확인한 도훈이 낮은 목소리로 조력자를 불러본다.

"앨리스, 나와 봐."

"……."

"이 여편네야, 후딱 나와 보라니까. 아니면 차원관리자인지 뭔지도 잠을 자는 거냐?"

"……."

"쳇, 단단히 삐쳤구만."

머리를 긁적이며 앨리스의 부재에 통탄을 금치 못한다. 아무래도 도훈에게 이번만큼은 제대로 삐친 듯한 모양이다.

결국 혼자서 담배의 흔적을 수색해야 하는 도훈이다.

"화장실 쓰레기통? 그럴 수는 없지. 아니면 청소 도구함인 가?"

그나마 가장 유력한 장소로 청소 도구함을 꼽은 도훈이 락 커룸의 문을 열어보지만 담배는 보이지 않는다.

"하긴 화장실 청소 당번이 보면 곧장 걸리는 장소니까."

그렇다면 도대체 어디에 숨긴 것일까. 창문틀까지 샅샅이 뒤져봤지만 담배는 보이지 않는다.

주기적으로 담배를 피워왔다면 분명 한 개비가 아닌 다량 의 뭉치로 있을 터. 한 개비 수준이 아니라 한 갑 크기의 담배 물량을 숨길 수 있을 만한 장소를 찾아내야 한다.

"…설마."

도훈의 시선이 어느 한쪽을 머물면서 동시에 날카로워지 기 시작한다.

"그렇구만. 거기가 있었지."

변기를 밟고 올라선 도훈이 합판으로 되어 있는 천장을 살 짝 들어 올린다.

각 사로별로 발을 디딜 수 있는 곳으로 가서 한 번씩 합판 을 들어본 결과,

"여기였냐."

3사로 화장실 칸 천장에 숨겨져 있는 담배가 두 갑이나 되 었다.

"이게 바로 2년 전 새벽에 난데없이 우리를 얼차려의 공포로 몰아넣은 원흉이었구만. 진작 알았다면 그때도 이렇게 미리 찾아냈을 텐데."

군대에서 숨길 수 있는 장소라고 해봤자 어디 있겠는가. 훈련소에서는 아니지만 도훈도 자대에서는 야한 잡지 같은 걸 천장에 숨겨놓은 적이 있다.

결국 군인의 잔머리란 거기서 거기라는 뜻. 말년병장이 된다며 거기서 좀 더 보는 시각이 넓어져 보다 더 많은 잔머리를 굴릴 수 있다. 그래 봤자 행보관 앞에서는 재롱잔치에 불과하지만 말이다.

그리고 무엇보다도 도훈이 일부러 혼자 와서 담배를 찾은 이유는 다름이 아닌,

"나도 흡연자라고, 이 새끼들아."

그렇다. 도훈도 비흡연자가 아닌 흡연자였다. 담배를 누구보다도 절실히 원하는 사람 중 한 명이며, 공짜로 담배가 손에 들어왔는데 굳이 포기할 이유가 있을까.

게다가 불침번들을 대동해서 담배를 찾았다간 자신이 혼자서 독식하지 못한다.

인간은 이득이 있기에 움직이는 생물. 분명 도훈에게 이득이 되는 점이 있기에 이렇게 아까운 수면 시간도 포기하고 화장실을 이 잡듯 뒤진 것이다.

"두 갑이라……. 크큭. 꽤 여유롭겠군."

숨기는 장소는 서랍 뒤편 공간에 놓아두면 된다. 여차하면 앨리스를 대동할 수도 있고 말이다.

"오늘은 최고의 밤이 되겠군."

새벽에 가볍게 담배 한 대를 빨고서 다시 들어와 느긋하게 취침을 하다가 아침에 기상을 한 도훈은 여전히 누구보다 빠르게 남들과는 다르게 빛의 속도로 군복을 입고 누워 있다가 점호에 참석한다.

점호를 마치고 나서 아침 식사를 하기 위해 식당을 오가는 와중에,

"어떤 새끼야?!"

생활관 문을 박차고 등장한 훈련병이 느닷없이 동기들에게 소리친다.

분명 도훈이 기억하고 있는 바로는 몰래 훈련소에 담배를 반입한 녀석이 틀림없다.

"무슨 일인데?"

옆자리 훈련병이 담배 피운 범인에게 정황을 물어보지만, 범인은 차마 자신이 왜 화를 내는지에 대해서는 말하지 못한다.

그도 그럴 것이, 자신이 몰래 담배를 반입했다는 사실을 다

른 훈련병 동기들이 알게 되는 순간, 언제 어떻게 조교의 귀에 그 사실이 들어갈지 모르기 때문이다.

자고로 비밀이란 녀석은 세 명 이상이 알게 된 순간부터 이미 비밀의 자격 요건을 상실하게 되는 법이다.

게다가 담배 범인이 자신이 담배를 반입해 왔다고 말해봤자 훈련병 동기들이 '그렇구나. 안됐구나' 하며 위로의 말을 건네줄 것 같은가?

천만의 말씀이다. 비흡연자의 경우에는 흡연자의 마음을 절대로 이해할 수 없다. 더욱이 지금까지 자신이 혼자서 담배를 몰래 피우고 다녔다는 것을 밝히는 순간, 녀석은 잠재적 다이너마이트 같은 존재가 된다.

언제 들켜도 이상하지 않을 시한폭탄! 그것이 바로 담배 범인이라는 것이다.

도훈은 그것을 사전에 차단함과 동시에 자신도 이득을 취했다. 바로 담배 독식이라는 훌륭한 결과물로 말이다.

억울해 죽겠다는 담배 범인이 머리를 박박 긁어대지만, 도훈은 여전히 휘파람을 불며 자신의 서랍 뒤편에 얌전히 자리를 틀고 앉은 담배를 생각하며 콧노래를 부른다.

"뭔가 좋은 일이라도 있어?"

"물론이지."

철수의 물음에 도훈이 피식 웃으면서 가볍게 대답한다.

"살다 보면 인생에 해괴한 순간은 언제든지 오게 되어 있는 법이야."

"······?"

"인생 선배로서 하는 말이니까 잘 새겨들어라, 아그야."

"너 나랑 동갑이잖아."

"아무튼 그렇다고."

엄밀히 따지자면 정신연령상 도훈이 철수보다 두 살 더 많다. 왜냐하면 도훈은 2년 뒤 미래에서 온 말년병장이니까 말이다.

하지만 도훈의 생각을 읽을 수 없는 철수는 영문을 모르겠다며 집합 소식을 알리는 방송 안내에 따라 주섬주섬 장구류를 착용하고 있다.

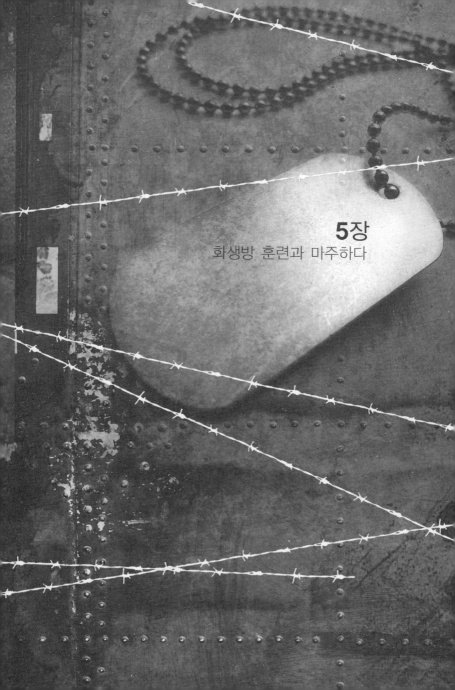

5장
화생방 훈련과 마주하다

담배 사건이 있은 후 시간은 흘러 드디어 지옥문이 열리는 날이 다가왔다.

"오늘은 너희가 고대하고 고대하던 화생방 훈련이 있는 날이다!"

"……!"

지옥이 시작된 아침, 교관의 한마디에 모든 훈련병의 표정이 죽은 자의 그것과 동일하게 변한다.

누가 보면 워킹 데드 시즌 2라도 찍는 중이라고 착각할 정도로 어둠의 그림자가 대놓고 훈련병들의 얼굴에 새겨진다.

물론 도훈이라고 예외는 아니다.

"이런 젠장!! 빌어먹을 화생방!!"

머리가 길다면 쥐어뜯고 싶을 정도로 고통스러운 리액션을 선보이는 도훈과는 반대로 멍 때림과 어리바리의 상징인 철수는 뭘 그리 심각하게 고민하느냐는 듯 도훈의 어깨를 두드리며 위로한다.

"괜찮아. 술자리에서 형들한테 들었는데, 생각보다 그렇게 고통스럽진 않대. 고작해야 예전에 우리가 어렸을 때 따라다니던 소독차 연기급이라고……."

"이런 병신!! 넌 그 형 자식들한테 속은 거라고!! 화생방이 설마 그 정도 위력이겠냐?! 뭐 때문에 눈물콧물 질질 짜는데!!"

"그런 거 다 연기 아니었어?"

"연기는 개뿔! 가서 남우주연상 탈 일 있냐, 연기가 그렇게 뛰어나게?!"

되도 않는 유머가 튀어나올 만큼 도훈 역시도 많이 당황했다. 그렇지 않고서는 저렇게 재미없는 개그가 나올 이유가 없다.

여하튼 죽음의 그림자는 서서히 훈련병들을 압박해 오고 있다.

특히나 도훈과 철수가 속해 있는 7조. 총 8명으로 구성되어 있는 조에서 만약 제대로 화생방 안에 들어가서 군가를 부르지 못하거나 뛰쳐나가려고 발버둥을 치는 인원이 발생한다면 그만큼 화생방에 체류하는 시간이 늘어날 수밖에 없다.

'어떻게든 최대한 간결하고 빠르게 끝내야 한다!'

제아무리 말년병장, 꼬장의 신이라 불리던 도훈이라도 화생방만큼은 견디기 어렵다. 이건 내성이 생기느니 어쨌느니 하는 차원의 문제가 아니기 때문이다.

CS탄이 터지는 소리. 그로 인해 서서히 흘러나오는 연기는 후각적으로도, 그리고 시각적으로도 엄청난 두려움을 선사해 준다.

특히나 도훈의 머릿속에는 아직도 첫 화생방 체험에 대한 두려움이 남아 있다. 뭣도 모르고 들어갔던 화생방에서 지옥을 경험했기 때문이다.

세상에 인간이 그렇게 괴로울 수가 있을까. 후각만으로 그런 고통을 선사해 줄 수 있는 수단이 있다는 걸 태어나서 처음 알았다.

"지금부터 방독면을 나눠 주도록 하겠다. 조교들, 실시!"

"실시!"

차례차례 방독면이 배급된다. 여기서 가장 중요한 건 최대한 A급 방독면을 차지해야 한다는 것. 괜히 어설프게 폐급 방독면을 받는 순간, 들어가자마자 남들보다 한 발 더 지옥을 경험하게 될 것이다.

'제발 하느님, 부처님, 차원관리자님이시여!'

얼마나 괴로웠으면 앨리스한테도 제발 자신에게 A급 방독면이 오기를 기원할까. 두 손 모아 간절히 기도하는 도훈의 앞에 드디어 등장한 방독면의 정체.

"이런 빌어먹을!!"

폐급의 향기가 물씬 풍기는 방독면이 도훈의 시야에 가득 들어온다.

아무래도 꽝을 고른 것인가. 바로 옆에 있는 철수의 방독면은 한눈에 봐도 특A급인 듯 새삥의 향기가 진하게 풍겨온다.

"야, 김철수."

"왜?"

"내 방독면이랑 바꾸자."

"…미쳤어? 니 건 완전 헐었잖아."

"병신아, 원래 군대 물품은 청개구리식이라는 거 모르냐?"

"청개구리식이라니?"

"겉으로 보기에는 멀쩡한 물품이 오히려 폐급일 확률이 높다는 거 말이야."

물론 100% 거짓말이다. 어떻게 해서든 철수에게서 특A급 방독면을 탈취하기 위해 온갖 거짓말을 내뱉는 도훈이다.

그러나 철수도 호락호락한 인물이 아니었다.

"무슨 말도 안 되는 소리야? 내가 그런 빤한 거짓말에 속을 것 같아?"

"쳇. 이럴 때만 눈치 좋은 녀석이구만."

혀를 차며 방독면 탈취 작전에 실패한 도훈은 한층 더 무거운 마음으로 자신의 방독면을 꺼내본다.

"역시!"

도훈의 예상대로 폐급 중의 폐급 방독면이다. 고무는 다 낡아 떨어졌고 시야를 트이게 하는 렌즈 부분은 지나치게 뿌예 나머지 앞이 보이지 않을 정도다.

고무 끈은 덜렁덜렁 늘어졌으며 보호 두건 역시도 군데군데 찢어져 있다.

'망했다. 망했다고! 씨발! 진짜 인생 좆같다!'

얼마 전 담배를 몰래 빼돌린 일에 대한 보복이라도 받는 것일까. 도훈의 눈가로 피눈물이라도 흐르는 듯한 기세가 느껴진다.

그때, 도훈의 눈에 비친 희망의 빛줄기!

"이, 이것은?!"

도훈의 눈에 들어온 무언가가 있다. 폐급 방독면 주머니 안에서 나온 물품들이 전부 폐급만은 아니었다.

"A급 정화통!!"

그렇다.

모든 방독면의 핵심이라고 할 수 있는 정화통! 그것도 다른 훈련병들보다도 훨씬 새삥처럼 보이는 완전 특 A급 정화통이 도훈의 폐급 방독면에 부착되어 있는 것이다.

"세상에! 정화통 색깔이 이렇게 검고 간지가 풀풀 넘칠 줄이야."

2년 군 생활을 하면서 A급 정화통을 몇 번 보긴 했지만, 그 중에서도 손에 꼽힐 정도이다.

'됐어! 정화통만 A급이면 문제가 없지!'

다만 과연 어떻게 다 떨어진 고무 끈을 이용해서 최대한 얼굴에 밀착시키느냐가 가장 중요한 포인트가 될 것이다. 아무리 정화통이 새것이라 해도 얼굴과 방독면 사이로 흘러들어오는 매캐한 연기의 향은 정화통으로도 막을 수 없기 때문이다.

결국 이 싸움(?)의 포인트는 얼마나 도훈의 얼굴에 방독면 마스크를 밀착시키느냐가 최대의 관건인데.

"하다못해 고무 끈이라도 상태가 괜찮다면 좋을 텐데."

너무 바라는 게 많다고 본인도 생각하지만 어쩔 수 없다. 최대한 닳고 닳은 고무 끈을 조이면서 노력해 보는 수밖에.

도훈이 할 수 있는 최고의 노력을 퍼부어 완성된 나름 A급 방독면. 보호 두건은 착용하지 않기 때문에 오로지 고무 끈의 위력으로 연기가 얼굴로 새어들어 오지 않게 해야 한다.

"그럼 지금부터 화생방 훈련을 실시하도록 하겠다. 먼저 1조 입장!"

"입장!"

잔뜩 긴장한 훈련병들이 천천히 방독면을 쓰기 시작한다. 한눈에 봐도 영 행태가 어색한 놈들뿐이며, 그중에서는 정화통 결합이 잘못되어 비스듬히 결합되어 있는 훈련병도 더러 보인다.

"저 녀석은 들어가자마자 지옥을 맛보겠구만."

혀를 차며 동정의 시선으로 말을 내뱉은 도훈을 따라 철수도 훈련병의 방독면 마스크를 유심히 지켜본다.

그러나 도무지 문제점을 찾을 수 없는지 결국 이도훈 해결사에게 도움을 청한다.

"무슨 뜻이야? 저 방독면이 네 거랑 똑같이 폐급이라도 된다는 의미야?"

"잘 봐두어라, 어리석은 훈련병이여. 정화통이 방독면에 결합되어 있는 모습이 뭔가 어색해 보이지 않느냐?"

"뭔가… 약간 기울여져 있네."

"대표적으로 결합이 잘 안 되어 있는 형태의 모습이다. 저러고 화생방 안으로 들어가면……."

1조가 들어가자마자 울려 퍼지는 비명 소리의 향연.

그러자 도훈이 자신의 예감이 맞은 것에 대한 희열을 느끼는지 씨익 웃으며 철수의 어깨에 손을 올려놓는다.

"저렇게 되는 거지."

"너… 진짜 입대한 지 얼마 안 되는 훈련병 맞는 거냐? 어떻게 저런 걸 다 알고 있어?"

"짜식, 2년 짬밥을 무시하지 말라고. 너희 같은 햇병아리들이 훈련소에서 되도 않는 애 장난하고 있을 때 나는 이미 유격과 혹한기라는 훈련계의 양대 산맥을 뛰어넘고 돌아온 전사 중의 전사란 말이다."

"나랑 훈련소 동기인 주제에 무슨 2년 짬밥이야?"

"모르는 게 죄는 아니지. 암, 그렇고말고."

마음 같아서는 훈련소 전역에 마구 떠벌리고 다니고 싶었지만 차마 그럴 수 없는 게 도훈의 입장이기도 하다.

철수와 도훈이 수다를 떨고 있을 무렵 아까 도훈이 지적한, 정화통을 어색하게 결합한 훈련병이 문을 박차고 나오려고 용감하게 시도한다.

그러나 훈련소 조교들이 누구인가. 산전수전 공중전까지 다 겪은 무적의 훈련병 조교! 훈련병 앞에서는 신과 같은 후광을 발하며, 동시에 악마와 같은 잔혹함을 보여주기도 한다.

지금과 같은 경우에는 후자에 속하므로 한쪽 다리를 뒤로 쫙 빼고 온몸으로 버티기 모드에 들어간 조교 우매한 일병이 방독면을 쓴 채 나이스 디펜스를 펼친다.

"사, 살려주세요!! 제발!!"

"요 자 쓰지 않습니다."

"나가게 해달란 말이다! 나 죽는다고!!"

"반말도 쓰지 않습니다."

"이 악마!!"

"악마가 아니라 우매한 조교입니다. 알겠습니까, 훈련병?"

본인은 악마가 아니라고 하지만 아무리 생각해도 훈련병의 눈에는 악마로 보일 수밖에 없을 것이다.

화생방 문이라는 이름의 지옥문을 지키고 서 있는 켈베로스! 머리 세 개 달린 덩치 큰 악마 견(犬)이라고 불린다.

아마도 저 조교는 분명 속으로 웃으면서 저 문을 막고 있을 것이다.

속으로 도훈은 그렇게 우매함을 평가했다.

'차라리 조교 이용권을 이용해서 못 이기는 척 문을 열어달라고 할까? 아니야. 당장은 좋겠지만 훗날이 두렵다. 얼차려를 받을 바에야 차라리 그냥 빡세게 화생방 훈련 받고 말지.'

한 걸음 앞서가려다 두 걸음 물러서는 경우가 있다.

화생방이 딱 그렇다.

지금 당장은 문을 열고 나가 편할 수 있겠지만 후환이 두려워 차마 그런 선택을 하지 못하는 도훈이다.

하지만 막상 들어가게 보면 그냥 나가게만 해달라고 울며 불며 질질 짜게 될지도 모르겠지만 말이다.

혼자만의 생각에 빠져 어떤 식으로 화생방이란 커다란 시련을 넘을까 생각하던 도중,

"양팔을 좌우로 벌리고 뛰어갑니다. 실시!"

"시, 실시!"

화생방을 막 나온 훈련병들이 눈물과 콧물을 휘날리며 우스꽝스러운 모습으로 뛰쳐나온다.

몸에 묻은 CS탄을 바람에 날려 보내고자 십자 형태로 팔을 벌리며 뛰어가는데, 그 행색이 전후 상황을 모르는 사람이 본다면 웃길 수밖에 없는 모습이다.

물론 전후 사정을 모른다는 한정된 정보에 한해서 말이다.

모든 전황을 VIP석에서 지켜보던 훈련병들의 눈빛은 심하게 흔들리고 있다.

철수 역시도 자신이 사회에서 예비역 형들에게 속았다는 것을 이제야 눈치챘는지 도훈에게 다급한 말투로 말을 걸어온다.

"저, 저게 뭐냐, 도대체?"

"너도 이제 알겠지? 저게 바로 화생방이라는 것이다."

열린 문틈으로 희미하게 나오는 CS탄이 벌써부터 코끝을

자극한다. 약간만 맡아도 기침이 나오고 눈물이 맺히는 수준인데 과연 화생방에 들어갔을 때는 어떤 일이 발생할 것인가.

보나마나 뻔하다.

이들도 1조와 마찬가지의 운명을 걷게 될 것이다.

추하고 괴로운 게 바로 화생방이다.

훈련병뿐만 아니라 군인들에게 있어서 대위기. 과연 도훈은 이번 위기도 잘 견뎌낼 수 있을지 스스로도 의구심이 들 정도이다.

"다음 6조 들여보내!"

"예!"

교관의 명을 받은 조교가 6조를 화생방 안으로 들여보낸다. 지옥으로 들어가는 문, 그리고 그 지옥문을 지키고 있는 켈베로스 우매한 일병이 스스럼없이 문을 열어준다.

자욱한 연기 사이로 들어가는 저들의 모습은 마치 비장한 사나이의 각오를 가슴에 품고 들어가는 전사의 모습과 매우 흡사해 보인다.

"다음은 우리 차례구만."

다시 한 번 방독면의 끈을 점검해 보는 도훈. 정화통이 특A급이라는 사실에 안도하고 있지만 정화통 이외의 수단으로 연기가 들어오면 그것도 다 말짱 꽝이다.

겨우 하늘이 내려주신 화생방 돌파구를 이대로 날려 보낼 수는 없다.

'남은 건 내 인내심과 화생방 경력으로 커버하는 수밖에 없는 것인가!'

비록 방독면 마스크는 폐급 중의 폐급이지만, 도훈이 다른 훈련병들보다 우월하게 앞서고 있는 것은 바로 유일한 화생방 경험자라는 것이다.

그것도 한 번이 아닌 수차례.

유격에서도 지겹도록 화생방 훈련을 겪어봤다. 거기서는 훈련소에서 하는 화생방 훈련보다도 가혹하고 잔인했으니까 말이다.

초짜 신병이 아닌 기존 사병이라는 점을 악용해 '이 녀석들은 더 잘 버티겠지' 하면서 무수히 CS탄을 터뜨리던 아마 교관이 도훈의 머릿속에 떠오른다.

CS탄이 딱 소리를 내고 터질 때마다 느껴지는 연기의 위협.

그 생생한 기억을 절대로 잊을 리가 없다.

하지만 화생방 경험이 도훈에게 고통만을 선사해 준 것은 아니다.

나름의 공략법까지 전수해 준 것!

"우웨웩!!"

6조가 차례를 마치고 나오자 조교가 7조를 부른다.

"다음 7조 입장!"

"입장!"

천천히 방독면을 착용하면서 도훈이 철수의 옆구리를 쿡 찌르며 말한다.

"살아서 보자."

"으, 응!"

그렇다고 진짜로 죽거나 하지는 않겠지만, 죽는 것과 마찬가지의 고통을 선사해 줄 화생방이기에 이렇게 비장한 각오를 남발한 것이다.

"가보자, 전우들이여!"

"우오오!"

도훈의 지시에 따라 7조 훈련병들이 단체로 기합을 넣는다. 누가 보면 이리도 바보 같은 행동을 할까 하고 생각할지 모르지만 그건 큰 오해다. 화생방을 들어갔다 오지 않은 자라고 손가락질 받을 것이다.

"후딱 들어와!"

"옙!"

드디어 시작된 지옥의 향연. 화생방 안으로 하나둘 들어간 훈련병들이 일렬로 정렬하기 시작한다.

그중에서 유독 제일 앞 번호 훈련병이 마치 각기증 증세와 비슷한 기괴한 반응을 보이더니,

"사, 살려주십시오!!"

대놓고 화생방 문을 두드리기 시작한다. 한눈에 보아도 정화통 결합을 잘못했거나, 아니면 도훈과 마찬가지로 폐급 방독면 마스크를 지급 받은 불쌍한 청년이리라.

"자리로 돌아가!"

"!#)$@*)#!"

이제는 사람의 언어가 아닌 말로 우왕좌왕하기 시작하는 훈련병. 아무리 출입문을 두드려봤자 악마의 현신이라 불리는 우매한 조교가 문을 열어줄 리가 없다.

애처로운 그의 행동에 다른 훈련병 두 명이 자진해서 원위치 시킨다.

이 지옥을 한시라도 빨리 벗어나가 위해서는 발악이 아닌 팀플레이를 해야 하는 것이다.

"좋아, 그렇다면 팔굽혀펴기 20회 실시한다. 몇 회?"

"20회!"

"20회 실시!"

"실시!"

화생방에서 팔굽혀펴기를 시키는 것은 다른 이유가 없다. 가급적이면 훈련병을 지치게 만들어 최대한 정화통을 분리시켰을 때 많은 연기를 들이마시게 하려는 교관의 속내이다.

20회를 하고 나서 그다음 이어지는 명령.

"그럼 지금부터 정화통을 분리한다."

드디어 하이라이트가 강림했다. 이름하여 정화통 분리!

'시작됐다!'

7조 훈련병들(방독면이 새는 훈련병은 이미 게거품을 물기 시작했으니 제외)의 표정이 사뭇 비장한 각오로 물들기 시작한다.

"뭣들 하나! 후딱 실시!"

"시, 실시!"

자신의 손으로 정화통을 분리해 나가는 7조 훈련병들의 모습. 이건 필히 뻔히 죽을 줄 알고 있지만 나 홀로 10만 대군에 맞서 싸우러 나가는 장군과 같은 모습이다.

하지만 그 장군은 대단한 무력을 가지고 있지도 않을뿐더러 뛰어난 책략조차 가지고 있지 않다.

오로지 2년이라는 군대의 복무 기간만을 가지고 있을 뿐.

한마디로 불쌍한 청춘들이라는 말과도 같다.

'빌어먹을! 씨발! 내 인생, 진짜 왜 이러냐!'

도훈도 속으로 욕을 하며 정화통을 분리한다. 서서히 새어 들어 오는 공포의 연기. 숨을 참으려는 것은 초보들이나 하는 짓이다.

어차피 들이마시게 될 연기, 조금씩 맡으면서 오히려 몸에 적응시켜 나가는 것이 그나마 심각한 피해를 모면하는 것이라고 생각한 도훈은 과감하게 살짝 연기를 맛본다.

그 결과,

"씨발!!"

아무리 말년병장이라고는 하나 역시 화생방은 화생방이다. 구수한 욕설이 소프라노 뺨 칠 정도로 새어 나온 도훈이었으나 곧바로 정신을 차리고 다시 아주 조금씩 연기를 흡입한다.

반면, 도훈과는 다르게 이미 눈물콧물 질질 짜기 시작한 7조 훈련병들. 가장 먼저 지옥을 맛본 불운의 훈련병의 뒤를 따라 나머지 훈련병들도 거의 혼절 직전까지 가 있다.

그나마 멀쩡하게 서 있는 도훈이지만, 그도 이미 한계치를 넘은 상황이다.

빨리 끝나기만을 진심으로 기원하는 상황에서 교관의 한마디가 떨어지는데.

"좋아, 그럼……."

'제발 나가게 해주세요! 제발!'

모든 훈련병이 교관의 얼굴에 시선을 고정시킨다. 퇴장이라는 단어 하나만을 간절히 기원하든 이들이었으나 세상은 원하는 대로 쉽사리 굴러가지 않는 법이다.

"지금부터 군가를 실시한다. 군가는 진짜 사나이! 군가 시작! 하나 둘 셋 넷!"

"사나이로~ 태어… 캑… 나… 우웩!"

화생방에서 빠질 수 없는 극한의 체험. 바로 연기를 들이마시며 군가 부르기!

이게 군가를 부르는 것인지, 아니면 오바이트 쇼를 하는 것인지 구분이 안 될 정도로 오묘한 음성을 질러대는 훈련병들. 만약 카메라 촬영을 시도했다면 필히 '좀비 영화'라는 타이틀이 붙었을 것이다.

겨우 진짜 사나이 군가가 끝나고 드디어 최대의 관문인 군가 부르기가 끝났나 싶은 도훈과 7조 훈련병들.

그러나 이번 화생방 교관은 생각 이상으로 잔인했다.

"훈련병들의 목소리가 매우 작았으므로 한 곡 더 열창하도록 한다."

"살려줘!!"

7조의 애원 섞인 비명 소리가 화생방 실습실을 가득 채워갔지만, 교관은 눈썹 하나 까딱하지 않고 곧장 다음 군가를 지시한다.

"지금부터 군가 실시한다. 군가는 멸공의 횃불. 군가 시작. 하나, 둘, 셋, 넷!"

"캑! 웩!"

더 이상 노래 부를 힘조차 없는지 기침과 콧물만 질질 흘리는 훈련병들. 도훈도 어느새 눈물콧물범벅이 되어가고 있다.

훈련병들의 간곡한 눈빛을 보아서일까. 교관의 마음이 슬슬 열리기 시작했다.

"좋아. 퇴장하도록."

"퇴, 퇴장!!"

우렁찬 외침과 함께 세상의 빛을 보기 위해 뛰쳐나가는 7조 훈련병들. 세상의 빛이 이리도 아름다웠던 것일까. 너무나도 맑은 공기에 취해 버린 훈련병들을 맞이한 것은 다름 아닌 켈베로스 우매한 조교였다.

"양팔을 수평으로 벌리고 뛰어갑니다!"

자동 반사로 만세 자세로 뛰어가는 훈련병들. 쓰라림과 따가움에 얼굴에 손을 대려고 하는 철수에게 무의식적으로 팔목을 잡은 도훈이 말한다.

"건드렸다간 지옥을 맛보게 될 거야."

"지, 지옥?! 또?!"

이 고통을 다시 한 번 맛보기는 싫은지 고개를 절레절레 흔들며 필사적으로 손을 아래로 내린다.

그때, 조교들이 양동이에서 물 한 바가지씩 퍼오며 훈련병들에게 다가온다.

"얼굴을 옆으로 틉니다. 실시!"

"실시!"

따가움에 미칠 지경이었지만, 손으로 얼굴을 비비는 순간

더욱 거센 지옥의 맛을 볼 수 있다는 도훈의 말 때문에 다른 훈련병들도 섣불리 얼굴에 손을 대지 않는다.

차가운 물이 훈련병들의 얼굴에 쏟아지면서 CS 가루를 털어내기 시작한다. 그 뒤 바람에 얼굴을 말리며 겨우 화생방을 끝냈다는 안도감을 뒤늦게 맛보기 시작하는데.

"진짜 죽는 줄 알았다."

이제야 좀 살맛이 나는지 철수가 앉은 채 기진맥진한 목소리로 화생방에 갔다 온 소감을 말한다.

그 심정은 도훈 또한 마찬가지. 서로 지옥에 갔다 온 건 마찬가지기에 도훈도 뭐라 감평을 해야 좋을지 판단이 안 서는 모양이다.

"도대체 내 군 생활에 화생방 체험이 몇 번이나 있는 거냐."

2년 군 생활에서 지겹도록 맛본 화생방을 설마 그대로 또 하게 될 줄이야. 절로 새어 나오는 한숨을 머금은 채 도훈은 그저 무념무상을 꿈꿀 뿐이다.

지겨운 화생방 훈련을 마치고 나서 개인 정비 시간이 돌아왔다.

저녁 식사를 마치고 나서 이들에게 주어진 임무는 오늘 배급 받은 방독면을 세척하는 것. 비눗물을 만들어서 열심히 방독면 마스크를 깨끗하게 세척하는 작업에 열중하며 훈련병들은 이리저리 오늘까지 겪은 군대 일화로 이야기꽃을 피우기 시작한다.

그중에서도 단연 많은 지분을 차지하는 것은 다름 아닌 화생방.

"야, 그 연기 정체가 도대체 뭘까?"

"좆나 뒈지는 줄 알았다니까. 세상에 화생방이 그렇게 지독할 줄이야."

"숨만 참으면 될 줄 알았는데 그게 아니더라. 후폭풍이 더 짜증났어."

제각각 자신의 화생방 경험담을 늘어놓느라 정신이 없다. 그렇다 해도 압도적인 화생방 경력을 지니고 있는 도훈을 능가할 순 없을 터.

'새끼들아, 나는 화생방만 벌써 다섯 번을 넘어간다. 씨발!'

이렇게 말해주고 싶지만 이제 막 입대한 신병의 말을 누가 믿어주겠는가. 믿는 사람이라고 해봤자 2년 뒤의 미래에 있을 도훈을 직접 2년 전 과거로 보내 버린 앨리스밖에 없을 것이다.

아니, 엄밀히 생각해 보니 믿는 사람도 아닌, 믿는 차원관리자라고 해야 옳을지도 모르겠다.

"도훈아."

방독면 마스크의 물기를 털어내던 철수가 다가오며 묻는다.

"너 CS탄이 뭔지 알고 있어?"

"아니. 모르는데?"

"우와! 네가 모르는 게 있을 줄이야."

"날 무슨 척척박사 취급하냐. 모르는 게 있는 게 당연하잖아."

"군대박사라면 잘 알고 있을 거라 생각했는데."

"…군대박사?"

"모르고 있었어? 요즘 애들 사이에 붙은 네 별명이야. 총기 결합도 조교보다 빠르고, 복무신조도 첫날 오자마자 다 외우고. 대단하잖아."

"대단하긴 개뿔! 그런 게 사회에 나가서 쓸모 있을 거 같냐? 직업군인 할 생각 아니라면 전부 쓸데없는 건데 뭐가 대단하다고 박사냐? 하다못해 양심적으로 학사라고 부르라고."

미묘한 면에서 화를 내는 도훈이지만, 그래도 자신이 어느새 그런 별명으로 불리는지에 대해서는 처음 알게 되었다.

물론 그간 도훈의 행보를 생각해 보면 지극히 당연한 결과일지도 모른다.

남들이 어리바리한 훈련소 시절을 보낼 때 도훈은 마치 처음부터 이 훈련소를 체험이라도 했다는 듯이 아무렇지도 않게 전부 소화해 버렸으니까 말이다.

복무신조 외우기 사건이나 총기 결합 시합도 그렇지만, 도훈의 능력이 가장 많이 인정받게 된 사건은 무엇보다도 사격 훈련 때였다.

중대장이 와서 직접 전화 포상을 내릴 정도였으니까 말이다.

"아, 맞다."

문득 뇌리를 스치고 지나간 전화 포상이 떠올랐는지 도훈이 철수에게 요일을 묻는다.

"내일이 혹시 주말이냐?"

"어. 그런데?"

"그럼 전화 포상을 받는 날이구만."

"생각해 보니 그러네. 전화 포상도 있었지. 저번에는 PX 포상도 받더니만……. 너 이번 기회에 그냥 직업군인으로 방향을 트는 게 좋지 않을까?"

"미쳤냐? 누가 군대에 못을 박겠냐. 소름이 끼쳐서 정상적인 사고가 안 될 정도니까 그런 끔찍한 말은 하지 마라."

사실 거의 전문 하사급으로 군대 생활을 보내고 있는 도훈이었으나, 정작 직업군인은 생각도 해본 적이 없다.

말년병장이었을 시절에는 전역한다는 것이 조금 아쉽게

느껴질 때도 있었지만, 그건 그거고 이건 이거다.

그렇다고 일부러 전역을 미루면서까지 전문 하사에 지원하고 싶은 마음은 없다.

차라리 빨리 사회에 나가서 일찌감치 자리를 잡는 게 훨씬 나을 것이다.

"땀내 나는 남자들과 생활하느니 전역하고 나서 여자들의 향기를 맡으며 생활하련다."

"그래도 어르신들 중에서는 가끔 군대를 그리워하시는 분들이 계시잖아. 사회가 각박하고 살기 힘든 세상이니 어쩌니 하면서. 차라리 이런 식으로 스트레스를 받을 바에야 군대에 가겠다고."

"뭐……."

그 심정에 대해서는 도훈도 전혀 이해 못하는 건 아니다.

어찌 보면 군대보다 사회가 더 힘들 수도 있다. 아니, 명백히 말하자면 사회가 더 힘들다.

가족들을 먹여 살리기 위해 회사에 들어가고, 죽도록 싫어하는 상사에게 억지로 고개를 숙이며 바보 같은 웃음으로 비위를 맞춰야 한다.

더욱이 취업하는 과정조차 힘들다. 다들 대기업 대기업을 외치며 토익 공부를 하고, 또 다른 한쪽에서는 공무원 공무원을 외치며 노량진에서 청춘을 보낸다.

오로지 공부, 그리고 또 공부!

성공한 인생을 살았다는 소리를 듣기 위해 대한민국의 청춘들은 오로지 공부라는 밧줄 하나에 수십, 수천 명이 매달려 있다.

하지만 과연 그게 성공한 인생인 것일까?

오히려 군대에서 젊음을 불사르며 직업으로 삼는 것도 방법 중 하나일지도 모른다.

적어도 대기업과 공무원에 목매는 것보다는 나을지도 모르기 때문이다.

"개인이 판단할 일이지만 난 적어도 그렇게 생각해."

철수가 방독면을 다시 정돈하며 말한다.

"사람은 원하는 인생을 할 권리가 있다고. 자신이 살아갈 길을 선택할 권한이 있단 말이지."

"……."

"지금 당장은 이 군대가 싫을지도 모르지. 나도 마찬가지니까. 하지만 좁은 곳에서 불편하지만 사람 사는 내음을 맡으며 같은 천장을 바라보며 낯선 사람들과 쌓아가는 우정도 나는 나쁘지 않다고 생각해."

"…쳇."

혀를 차면서 방독면에 묻은 물기를 거칠게 털어내는 도훈.

도훈도 전역하기 직전에는 군대에 대한 아쉬움이 떠오르

기도 했다.

막상 전역하려고 하니 자신이 2년이라는 청춘을 모두 바친 산골짜기의 작은 포병 부대가 너무나도 아쉽게 다가온 적이 있었다.

네온사인 간판 하나 없고 보이는 것이라고는 여름에는 푸른색과 겨울에는 흰색이 전부인 깊은 산골짜기. 민간인 통제 구역이 바로 앞에 있어 교통편도 좋지 않다.

간혹 가다 고라니와 멧돼지를 보기도 했으며, 동물원에서도 본 적이 없는 두더지 시체까지 본 적이 있다.

선, 후임들과 같이 여름만 되면 삽을 들고 나가서 진땀을 빼며 진지 공사를 하기 일쑤였고, 겨울에는 나무를 베기 위해 작은 톱 하나로 사람 허리만 한 나무를 잘랐다.

말도 안 되는 작업량에 혀를 내두르며 군대 욕을 하기 바빴지만, 그렇기에 모두가 다 소중한 전우였다.

"…씨발. 괜히 너 때문에 우울해졌잖아."

"우울해지다니, 나는 희망적인 사상으로 군대를 바라보라는 의미로 말한 거였는데?"

"모르면 좀 닥치고 있어."

숨겨놓은 담배가 이럴 때 간절히 필요하게 될 줄은 꿈에도 몰랐다.

도훈의 머릿속에 예전에 동고동락했던 2년 뒤의 전우들이

스치고 지나갔다.

물론 지금은 2년 전이다. 이 훈련소를 퇴소하고 나면 보게 될지도 모르는 전우들의 모습.

하지만 지금의 2년은 도훈이 겪은 2년 뒤의 인생과는 별도의 루트를 타고 있다. 앨리스 역시도 같은 길을 걷지 않는 세계관이기에 페러렐 월드라고 했다.

비슷하지만 절대로 같지 않은 두 차원의 세계.

도훈이 그리워하는 전우들의 모습을 이 세계에서는 만나지 못할 가능성도 있다는 의미다.

그렇기에 왠지 더 우울해지는 도훈의 마음. 꼬장의 신이라 불리며 후임들에게도 못된 짓을 하곤 했지만 지금은 다르다.

개과천선의 기분이라고 할까.

'그 녀석들의 얼굴을 다시 보게 되면 꼬장은 덜 피워야겠다.'

작게나마 다짐해 보는 도훈이지만, 그 다짐이 과연 언제까지 이어질지는 본인도 모르는 일이다.

"다 했으면 들어가자."

"어? 어."

철수는 왜 도훈이 저리도 감성적인 얼굴이 되었는지 이해하지 못하겠다는 표정으로 뒤를 따른다.

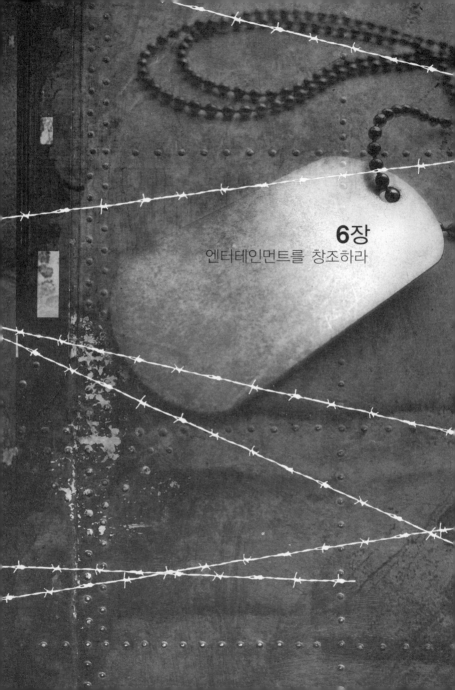

6장
엔터테인먼트를 창조하라

　사격 훈련과 화생방을 보낸 주간의 끝에 찾아온 꿀맛 같은
주말.

　화생방이라는 큰 산을 넘었지만 아직 큰 산은 한참이나 남
이 있다.

　특히나 훈련소의 꽃이라 불리는 훈련은 따로 있으니.

　"각개전투 때는 진심으로 각오해야 할지도 모르겠어."

　무릎과 팔꿈치가 무사히 남아 있다면 다행이라 불리는 공
포의 각개전투가 남아 있다. 그것도 그거지만 야외 숙영과 더
불어 야간 행군까지 어렵다고 소문난 훈련은 죄다 4주차에

배치되어 있었다.

그 구간만 넘어서면 나머지는 자대 배치를 기다리는 5주차만 남아 있기에 그다지 큰 고생할 게 없지만 4주차가 진심으로 너무 빡센 것이다.

4주차가 다가오기 전에도 아직 수류탄 훈련과 더불어 주간 행군도 남아 있다. 넘어야 할 산은 커다란 산 하나가 아닌, 자잘한 산들도 있기에 훈련소의 일정은 절대로 얕잡아보면 안 된다.

"우울해지는구나. 하아!"

스케줄 표를 보고 연신 한숨을 내쉬며 새벽 불침번을 서고 있는 도훈의 어깨를 누군가가 찰싹 때린다.

그라고 말하기를,

"뭐해요, 군인 아저씨?"

"뭐하긴, 불침번 서고 있는 거 안 보이… 누구냐앗?!"

실내에서 불침번을 서고 있는 철수의 목소리라고 하기에는 너무나도 가녀리고 또한 고음이다. 마치 여성의 음성과도 같았으니까.

화들짝 놀란 도훈의 눈앞에 예상하고 있던 인물과 상당히 거리가 먼 여성이 서 있다.

도훈이 예상한 인물은 앨리스. 이 훈련소에서 여자라고는 눈 씻고 찾아봐도 없지만, 도훈의 눈에만 보이는 끝내주는 미인인 앨리스가 있다. 그래서 도훈은 이 여성의 정체가 앨리스라고 판단했지만.

"반응이 재밌군. 앨리스가 매번 땡땡이치면서 보러 오는 이유가 있었구만."

금발의 숏커트. 앨리스가 전형적인 동양 미인이라고 한다면 이 여자는 서양 미인이라고 할 정도로 탄력적인 몸매에 키도 훤칠하다.

오뚝한 콧날에 한겨울임에도 불구하고 소매가 없는 고스로리 풍의 조끼, 게다가 타이트한 흰색의 스키니 진을 입고 있는 여성이 시원스러운 웃음을 보인다.

묘하게 보이시한 매력을 자랑하지만 몸매는 보이시와는 상당히 거리가 먼, 앨리스보다도 몸매가 좋은 훌륭한 S라인 굴곡을 보여주고 있다.

"…넌 또 누구야?"

도훈이 경계하는 눈초리로 묻자 여자가 말하길,

"나로 말할 것 같으면, 앨리스의 직장 상사다."

"…뭐라고?"

"엘리스의 상사라고. 앨리스한테 자주 듣곤 하지 않았나?"

"글쎄다."

도훈의 머리가 빠르게 회전한다.

분명 앨리스는 자신에게 이런 말을 했다. 다른 차원으로 도훈을 날려 보낸 대신, 2년이라는 군 생활을 다시 보낸다면 자신에게 램프의 지니처럼 소원 하나를 들어주겠다고.

앨리스가 도훈과 이런 협상을 끌어낸 것은 다름 아닌 자신의 직장 상사에게 들키지 않기 위한 게 원인이었다. 그런데 그 직장 상사라는 사람이 직접 등장하다니.

'모른 척하는 게 좋겠지?'

순간 동공이 흔들리는 미세한 반응을 보인 도훈이지만 재빨리 표정 연기로 전환한다.

"이보세요, 아가씨. 이상한 나라의 앨리스를 찾는 거라면 서점에 가서 동화책을 찾으시던가요. 그것보다 여긴 어떻게 들어온 거요? 민간인 통제 구역일 텐데."

"재주껏 들어왔지. 차원관리자 정도의 신분이라면 공간 이동 자체는 아무렇지도 않은 거니까."

"……."

"그리고 이건 너도 잘 알고 있는 지식이잖아? 앨리스를 멋대로 불러내는 것도 그렇고, 공간의 제약 없이 언제 어디서도 모습을 드러낼 수 있는 게 바로 우리 차원관리자의 능력이라는 사실을."

"난 아가씨가 무슨 말을 하는지 도통 모르겠는데?"

"당당하게 거짓말을 하는구나. 앨리스한테 제대로 교육 받았는데? 아니면 네 스스로 거짓말을 해야 한다고 판단한 것일까? 만약 후자라면 인간치고는 꽤나 눈치가 빠르다고 칭찬해 줄게."

"이상한 소리 하면 당장 신고할 겁니다."

여기는 군부대. 민간인 신분으로 함부로 들어올 수 없는 구역이다.

물론 이 사실은 앨리스의 직장 상사라 소개한 여자도 충분히 알고 있을 것이다. 여자인지 아닌지에 대해서는 불문에 붙여두도록 하고.

도훈은 최대한 자신이 아무것도 모르는 평범한 훈련병이라는 사실을 어필하면서 앨리스의 직장 상사 여성을 속일 수 있도록 노력해 본다.

계속해서 이어지는 도훈의 거짓말에 질린 것일까.

"재미없군."

라고 내뱉으며 가볍게 한숨을 내쉰다.

"뭐, 좋아. 오늘은 인사 차 왔으니까 나중에 또 보자고."

난데없이 작별 인사까지 한다. 그러고선 갑자기 사락 하는 효과음과 함께 마치 처음부터 이 공간에 존재하지 않았던 것처럼 모습을 감춰 버린다.

그 역시도 앨리스가 사라지는 모습과 상당히 동일하다. 아무래도 앨리스의 직장 상사라는 말은 거짓이 아닌 것 같다.

그것보다 중요한 것은,

"이런 멍청한 녀석."

욕지거리를 내뱉으며 아무도 없는 것을 재차 확인한 도훈이 앨리스를 호출하려는 순간,

"위, 위기라고! 대위기!!"

먼저 모습을 드러낸 앨리스가 호들갑을 떨며 모습을 드러낸 것이다.

"직장 상사한테 들켰을지도 몰라! 어쩌지?! 어쩌면 좋아!"

"시끄러워, 멍청한 여자야. 그리고 이미 늦었어. 네 직장 상사는 이미 나한테 다녀갔거든."

"뭐?!"

갑자기 머리카락을 쥐어뜯으며 고통스러운 표정을 짓기 시작한다. 도훈이 화생방에 들어가기 전에 짓던 표정보다도 훨씬 더 괴로워 보이는 모습이다.

"으으, 말도 안 돼! 벌써 선수를 친 거야?! 그 여우같은 상사!!"

"일단 최대한은 거짓말로 회유했으니까 걱정하지 마라."

"저, 정말?!"

"안심할 정도는 아니야. 그 여자한테 제대로 거짓말이 통했을지는 나도 모르니까."

오로지 직장 상사 본인만이 알 것이다.

끝까지 도훈을 의심하던 의문의 여성이지만, 도훈 또한 마

이 페이스의 달인. 표정 하나 변하지 않고 거짓말로 일관하는 건 군 생활 시절 행보관과 기타 간부들 덕분에 많이 단련된 스킬 중 하나다.

군대에서 늘어난 스킬이 거짓말하기라니.

뭔가 씁쓸함이 느껴지긴 하지만 어쩔 수 없다. 그게 현실이니까.

"그것보다도 너, 나한테 삐친 거 아니었냐?"

"…이런 대위기 상황에서 개인감정을 앞세워서 뭐가 이득이라는 거야. 이럴 때는 너와 내가 힘을 합쳐 위기를 극복해야 하는 거 아니겠니?"

"나 참, 상황에 따라 태도가 달라지는 줏대 없는 여자로구만."

"그렇지만 잘리긴 싫다구!"

"알았다, 알았어, 인턴 아가씨. 최대한 협력해 줄게."

가뜩이나 앨리스 하나만으로도 피곤해 죽겠는데 앨리스의 직장 상사까지 등장했다. 군대 생활까지 더해서 갈수록 도훈은 인생이 피곤해짐을 느끼게 된다.

*　　　*　　　*

주말이 다가오고, 전화 포상을 받은 도훈은 우매한 조교와 함께 근처 공중전화 박스로 오게 되었다.

천천히 집 전화번호를 누르자 뚜뚜 하는 착신음 소리에 뒤이어 익숙한 목소리가 들려온다.

—아이고, 우리 아들!!

어머니의 목소리. 뒤를 따라 아버지의 목소리도 들려온다.

—아들! 무사히 잘 있는 거지?!

"네, 뭐……."

어차피 말년 되면 오히려 휴가 좀 그만 나오라고 잔소리를 늘어놓는 부모님이 될 테지만, 그래도 부모님이란 존재는 자식 된 도리로서 언제나 커다란 그늘이 되어주시는 소중한 분들이다.

물론 그건 도훈에게도 마찬가지.

"잘 지내고 있죠?"

—밥은 잘 먹고 있지? 어디 다친 곳은 없어?

"괜찮아요. 요즘 훈련소는 대우가 아주 좋아요."

당연한 말이지만 거짓말이다. 대우는 무슨. 매번 얼차려의 향연에 화장실 통제, 그리고 기타 여러 가지 생활에 제약을 걸어놓는 바람에 이미 인내심이 바닥을 기어갈 정도이니까 말이다.

"나중에 자대 가면 연락드릴게요."

—건강 조심하고, 엄마가 사랑하는 거 알지?

"네, 잘 알고 있죠."

ㅡ사랑한다, 우리 아들!

"저도요."

수화기를 내려놓으며 깔끔하게 통화 종료.

도훈에게 허락된 통화 시간은 1분이었지만, 공중전화 박스의 문을 열고 나온 건 40초가 막 지날 무렵이다.

손목시계를 유심히 보고 있던 우매한이 고개를 갸우뚱하며 묻는다.

"통화 끝난 겁니까?"

"예."

"아직 20초가 남았습니다. 다른 사람한테 통화하진 않는 겁니까? 애인이라든지."

"불행하게도 애인이 없습니다."

"괜히 물어본 것 같습니다. 그럼 이대로 생활관으로 복귀하도록 합니다."

"예."

여자 친구를 두세 명 정도 사귀어본 경험이 있긴 하지만, 군대 2년을 기다려 줄 여자는 도훈 주변에 없었다.

그래도 군대 오기 전에 솔로의 신분이 오히려 더 좋을지도 모르겠다고 생각한 도훈이기에 현재 여자 친구가 없다는 점에 대해서는 커다란 미련이 없다고 스스로 납득한 지 오래다.

괜히 군대에 왔다가 여자 친구가 고무신을 거꾸로 신지는 않을까 노심초사해하며 스스로 스트레스를 만들 이유가 없기 때문이다.

　그리고 이건 예상치 못한 요소이긴 하지만,

　여자 친구 대용으로 언제든지 불러낼 수 있는 앨리스가 있지 않은가.

　그렇다고 앨리스를 여자 친구처럼 다루고 싶지는 않다는 게 현재 도훈의 생각이다. 어디까지나 협력 관계일 뿐이니까 말이다.

　하지만 남자는 언제까지나 여자를 찾는 존재. 도훈도 언젠가는 앨리스를 여자로 인식할 날이 올 수도 있을 것이다.

　전화 포상을 마치고 생활관으로 복귀한 도훈. 평소와 다름없는 주말이지만 이번 주말은 좀 많이 다르다.

　바로 다음 주 예고되어 있는 수류탄 훈련과 더불어 주간 행군 일정이 잡혀 있기 때문이다.

　수류탄 훈련은 솔직히 말해서 그다지 어렵지 않다. 안전핀을 제거하고 규정되어 있는 몸동작에 따라 물가에 던지기만 하면 되니까 말이다.

　그러나 수류탄 훈련은 제일 간단하면서도 모든 훈련을 통틀어 제일 위험한 훈련이기도 하다. 혹여나 수류탄 훈련에서 사고가 발생하게 된다면 다수의 사상자를 낼 수도 있는 끔찍한 결말로 이어질 수도 있기 때문이다.

그렇기 때문에 모든 조교와 교관들은 수류탄 훈련만 다가오면 항상 긴장의 끈을 놓지 않는다. 잘못되었다간 큰 사고로 번질 수도 있는 게 바로 수류탄 훈련이기 때문이다.

그리고 수류탄 훈련이 끝나고 훈련병들을 기다리고 있는 건 바로 남자의 인생에서 첫 번째 행군이라고 할 수 있는 주간 행군.

15~18㎞ 남짓한 거리를 걷는 행군으로서, 행군 길이치고는 꽤나 짧은 편에 속한다. 그러나 난생처음 겪는 행군이기에 아직 길이 들여지지 않은 전투화 탓에 다수의 물집이 훈련병을 괴롭힐 것이다.

"이러나저러나 훈련소의 일정은 여전히 빡세게 돌아가는 구만."

연신 나오는 한숨을 감출 길이 없는지 일정표를 보고 생활관 내부로 돌아오자마자 축 늘어진 도훈의 상태가 걱정되었는지 철수가 다가온다.

"오늘은 또 무슨 고민이 있어서 그래? 혹시 오랜만에 듣는 부모님의 목소리 때문에 기분이 심란한 거야?"

"차라리 그랬으면 좋겠다."

도훈의 부모님은 지나치게 건강히 잘 계시고, 여동생 또한 여대생 라이프를 만끽하는 중이다.

가족에 관한 사항에는 이상 무.

단지 훈련이 걱정이다.

"분위기도 꿀꿀한데 책이라도 읽을래?"

"책?"

"옆에 꽂혀 있잖아. 얇은 책."

구체적으로 예를 들자면 '좋은 X각' 같은 그런 유의 책이다.

그 모습을 보고 한숨이 땅이 꺼져라 나오는 도훈.

"넌 저걸 무슨 재미로 읽냐."

"할 게 없으니까 저거라도 읽는 거지. 책은 마음의 양식이라고."

"양식 좋아하네. 한식이겠지. 아니면 일식일지도."

"우리 도훈이 많이 힘든가 보구나. 그런 재미없는 개그를 다 할 정도라니."

"콱 때려 버릴까 보다."

철수에게 위협을 가하려던 도훈의 눈동자에 유독 생활관 내부에 벌어지고 있는 특이 현상이 포착된다.

바로 생활관 내부 동기들이 옹기종기 모여서 하는 의문의 놀이.

슬리퍼를 질질 끌고 그쪽으로 다가간 도훈이 슬쩍 고개를 내밀며 묻는다.

"뭐하냐?"

"어, 도훈이잖아. 보면 몰라? 장기 두고 있어."

"장기?"

"웅. 관물대 위에 놓여 있더라. 두 개나 있어."

"…너희도 어지간히 놀 거리가 없나보다."

장기를 비하하는 건 아니지만 이십 대 청년들이 대놓고 우르르 모여 앉아 장기를 두는 거나 구경하고 있는 게 참으로 암담한 현실처럼 느껴지는 순간이다.

하다못해 TV라도 나온다면 걸 그룹이 잔뜩 등장하는 가요 프로그램이나 챙기며 연신 환호를 질렀을 텐데 말이다.

자대에 가면 TV를 볼 수 있지만 훈련소에는 그 흔한 TV가 없다. 아니, 있긴 하지만 전원이 들어오지 않는다.

얼마 전에 자칭 공대생이라는 녀석이 계속해서 TV가 나오게끔 시도하고는 있지만 아직까지 성공한 사례는 없다.

"훈련소의 TV가 나올 리가 없지. 나도 여태 본 적이 없는데."

그때 도훈의 머리에 우연히 스쳐 지나가는 아이디어!

"야, 그 공대생 훈련병 지금 어디 있냐?"

"세수하고 있을걸."

"오케이."

공대생 훈련병을 찾아 세면실로 가는 도훈의 발걸음이 점점 빨라진다. 이대로 훈련소에서 장기와 마음이 정화되는 책들로 시간을 때울 수는 없다.

걸 그룹의 모습을 보며 조금이라도 힐링 타임을 가져줘야 앞으로 남은 빡센 훈련들을 버틸 수 있을 것 같은 기분이 든 것이다.

세면실 문을 열자 공대생 훈련병이 이제 막 머리를 감는 와중인지 샴푸 거품을 잔뜩 묻히고 머리를 긁적이고 있다.

"야, 공대생."

"누구야?!"

"나 이도훈이다."

"오, 군대박사잖아?"

"저번에 TV가 나올 수 있게끔 고쳐본다고 했잖아. 진행이 어떠냐?"

"갑자기 그건 왜?"

"그냥 궁금해서."

"그것보다 일단 머리 좀 감으면 안 될까? 눈이 엄청 따가운데."

"알았어. 다 썻고 생활관으로 와. 나랑 논의 좀 해보자."

"논의? 너도 공대생이었어?"

"아니. 법대 출신이다."

"보기와는 다르네."

"엉덩이를 발로 차주랴?"

발을 살짝 들어 올린 도훈의 위협에 쫄았는지 공대생 훈련병이 움찔하며 고개를 설레설레 흔든다.

"머리 감고 있는 거 안 보이냐?"

"보이니까 때리려고 하지."

"알았어! 내가 잘못했다! 됐냐?"

"그래, 짜식아. 이 형님의 학과로 비아냥거리지 말라고. 기분 나쁘니까."

오랜만에 선의를 베풀었다는 듯이 말하는 도훈에게 공대생 훈련병이 이제 거의 다 감아가는 머리를 샤워기로 헹구며 묻는다.

"그런데 무슨 볼일인데? TV라면 고치기 힘들어. 얼핏 보긴 했는데 너무 부족한 요소가 많아."

"그거야 걱정하지 마. 나에게 다 생각이 있으니까."

"생각?"

"그래. 오늘과 내일, 주말을 이용해서 우리는 몰래 훈련소에서 TV를 시청할 수 있는 최초의 훈련병이 되는 거다."

훈련소에서 TV를 볼 수 있다는 건 정말 행복한 일일지도 모른다.

TV! 그것은 마법의 상자, 그리고 군인들이 세상과 소통할 수 있는 가장 큰 창문 중 하나이다.

특히나 군인들의 활력소이자 마음의 여신이라 불리는 걸 그룹을 영접할 수 있는 성스럽고 위대한 존재가 바로 TV라고 불리는 마법의 상자이다.

입대한 지 얼마나 됐다고 벌써부터 여자가 보고 싶다는 욕망이 끓어오르기 시작한 훈련병은 도훈의 TV 부활 계획을 듣고 곧장 협력 체제에 임한다.

"두 명은 생활관 복도를 청소하는 척하면서 망을 봐라."

"옙!"

"알겠습니다!"

"그리고 김철수 너는 다른 녀석들이랑 같이 평소와 다름없이 수양록이나 장기, 그리고 책을 보면서 우리가 별다른 특이 사항을 보이지 않는 중이라고 어필하도록."

"알았어!"

"그리고 공대생 넌 나와 TV를 고친다."

"그러니까 고치기 힘들다고 했잖아. 필요한 게 전혀 없는데 어떻게 고치라고……."

"다 나한테 생각이 있으니까 그건 걱정하지 말고. 여하튼 저 TV를 일단 끌어내리고 나한테 필요한 게 뭐가 있는지부터 설명해 봐."

"너도 공대 다녔어?"

"법학과라고 했잖아."

"그럼 알아서 뭐하게?"

"다 필요가 있어서 그래."

사악한 웃음을 지은 도훈의 말에 절대로 거역할 수 없다는 느낌을 받은 공대생이 고개를 끄덕이며 알았다는 신호를 보낸다.

도훈이 오른손을 뻗자 반사적으로 다른 훈련병들 역시 하나둘씩 손을 모으는데,

그 모습은 흡사 축구 경기에 임하는 국가대표 선수들의 파이팅 구호를 외치는 모습과도 같다.

"잘해보자! 2생활관 파이팅!"

"파이팅!!"

그렇게 도훈의 주도 하에 TV 부활 계획 프로젝트는 막을 올리기 시작했다.

*　　*　　*

"2생활관 계단 쪽 이상 무!"

"행정반 주변 역시 이상 무!"

"조교들과 교관들은 현재 행정반에서 따로 모여 회의를 하고 있는 듯 보임. 최소 시간은 대략 20분 정도 소요될 것으로 예상. 오버."

각 감시관의 보고를 받은 도훈이 고개를 끄덕이며 말한다.

"알았다. 각자 충실히 감시 임무에 임하도록."

"옙!"

번개처럼 자신의 위치로 돌아가는 훈련병들의 모습을 바라보며 흐뭇한 미소와 동시에 안타까운 눈빛을 하는 도훈.

"그런 자세로 평상시 훈련에 임해봐라, 새끼들아."

한숨을 쉬며 이번에는 생활관 위장조의 상태를 확인하러 간다.

평소처럼 장기를 두거나 책을 읽고 아니면 담화를 나누는 훈련병들의 모습 속에서 도훈은 유독 '수양록'을 작성하는 훈련병은 없구나 하는 생각을 다시금 하게 된다.

수양록. 군대 생활의 하루 일과를 기록하게끔 군대에서 나눠 준 일종의 일기 공책. 각종 사진을 첨부할 수 있는 빈 공간과 편하게 글을 쓸 수 있도록 배려한 밑줄 페이지까지 구비되어 있는 만능 노트다.

하지만 동시에 군대에서 가장 보기 싫은 노트이기도 하다. 매번 조교들은 와서 할 일 없으면 수양록이나 작성하라고 하지만 여기가 무슨 유치원인가. 일기나 쓰고 있게.

물론 더러 훈련병들은 자신의 군 생활을 정리하며 수첩에 지금까지 군인으로서의 자신의 일과를 말년 때까지 꾸준히 기록하는 사람도 더러 있다.

하지만 웬만한 성실함을 지니고 있지 않고서야 그런 일을 한다는 건 쉽지 않다. 중도에 포기하는 일이 허다하기 때문이다.

도훈 역시도 처음에는 작은 수첩에 자신의 일과를 적는 게 하루의 유일한 낙이었지만, 계급이 높아질수록 그것도 귀찮아서 때려치우게 되었다.

이번에는 한번 도전해 볼까 하는 생각도 들었지만, 그와 동시에 중도 하차할 것 같아서 얌전히 고이 접어 주머니에 넣어 두었다.

이제 이번 프로젝트에서 가장 중요한 위치를 차지하고 있는 공대생 쪽으로 향한 도훈은 여기저기 분해되어 있는 TV와 씨름 중인 공대생에게 말한다.

"어때? 필요한 건 다 적었어?"

"일단 여기에 적어두긴 했는데."

말을 하면서 동시에 종이를 건네는 공대생의 표정이 여전히 의아함으로 가득 차 있다.

"이걸로 뭘 어쩌려고? 설마 바깥에 가서 사올 생각은 아니겠지?"

"병신이냐? 누가 그딴 생각을 해? 괜히 탈영했다가 무슨 소리 들으려고."

"그런데 주변에 가게도 없는 산골짜기에서 무슨 수로 그

부품들을 구하겠다는 거야?"

"어둠의 루트를 통해서."

"어둠의 루트?"

"아니지. 오히려 합법적인 루트라고 해야 할까?"

"그게 더 이해가 안 되는데."

"나의 천재적인 플레이를 이해하려 들지 마라. 이것도 다 너희를 위해서 내 한 몸 희생하는 거니까.

"……?"

여전히 영문을 모르겠다는 얼굴로 도훈을 바라보는 공대생이지만, 도훈은 이런 공대생의 궁금증을 해결해 주고 싶다는 생각보다는 이제 자신이 나서야 할 타이밍임을 자각하며 종이를 주머니 속에 곱게 접는다.

'중요한 건 내 일이군.'

＊　　　＊　　　＊

그리고 저녁 점호 시간.

생활관 책임자인 우매한 조교가 여전히 떨어지는 낙엽조차 베어버릴 것 같은 일자 주름이 잡힌 전투복을 입고 생활관 내부로 등장한다.

FM 조교. 군 생활을 위해 태어난 사람이 아닐까 하는 생각이 들 정도로 우매한 조교의 행보는 A급 병사답다.

하지만 오늘 저녁, 그 유명한 FM 조교가 도훈의 책략에 의해 범행을 저지르게 될 것이다.

군대 규율 위반!

그것은 너무나도 달콤하며 위험한 향수를 지니고 있는 단어라고 할 수 있다.

들키지만 않으면 되는 게 군대의 철칙 중 하나. 하지만 들키는 순간 그건 누구도 책임질 수 없는 나락으로 빠뜨릴 위험성을 지니고 있다.

그리고 그것을 지금 도훈이 실행하기 위해 우매한 조교를 향해 번쩍 손을 든다.

"123번 훈련병 이도훈! 조교님께 드릴 것이 있습니다!"

"무엇입니까."

"일단 받아보시면 안 되겠습니까?"

"……."

뭔가 의심쩍은 눈초리로 도훈에게 다가온 우매한 조교. 그의 손에 도훈이 종이 한 장을 건넨다.

종이를 펼치고선 한동안 시선을 고정시킨 채 주시하던 우매한 조교의 표정이 순식간에 일그러진다.

"지금 조교한테 시비 거는 겁니까?"

"절대 아닙니다!"

"그럼 이건 무슨 의도입니까?"

"아무런 의도 없습니다! 절대로 불순한 의도 같은 건 없다고 말씀드리고 싶습니다!"

누가 봐도 100% 거짓말이다. 우매한 조교뿐만 아니라 불순한 의도가 없다는 발언에 생활관 훈련병 전부가 도훈의 생색내기를 순식간에 눈치챈다.

하지만 무슨 내용을 담은 종이를 건네준 것인지 종이를 받은 우매한 조교의 표정이 이루 말로 할 수 없을 정도로 일그러진다.

한참을 그렇게 서 있던 우매한 조교가 깊은 한숨을 내쉬더니 하는 말.

"…좋습니다. 사나이는 한입으로 두말하지 않는 법."

"감사합니다, 조교님!"

"단, 이번뿐이라는 걸 명심하기 바랍니다. 알겠습니까, 123번 훈련병?"

"넵!"

"점호 10분 전!"

"점호 10분 전!"

과연 도훈이 우매한 조교에게 건네준 건 무엇일까.

당사자들만 무언가를 교환했을 뿐, 정작 생활관 내 훈련병들은 무슨 내용이 오고 갔는지 전혀 알 수 없다는 얼굴로 이들을 바라보고 있다.

*　　　*　　　*

몽쉘을 세 개나 더 준다는 말에 혹해서 이번 종교 행사는 불교로 가자고 간곡히 조르는 철수 탓에 어쩔 수 없이 불교로 가게 된 도훈.

절에 가서 이름 모를 불경을 외우고 난 뒤 도착해 보니 생활관 내에 생각지도 못한 선물이 도착해 있다.

바로 공대생이 말한 부품들!

"우와아악!! 이게 뭐다냐?!"

놀란 나머지 자신도 모르게 사투리를 내뱉은 공대생의 눈이 점점 휘둥그레진다.

반면, 마치 이러한 선물이 올 것을 예견하고 있었다는 듯 침착하게 대응하는 사람은 오로지 도훈뿐이다.

"이 정도 있으면 TV를 나오게 할 수 있겠냐?"

"그, 그렇긴 하지. 근데 이게 왜 생활관에 있지?"

"산타클로스가 주고 갔나 보지."

"군대에도 산타가 오나?"

"글쎄다."

휘파람을 불며 더 이상 묻지 말라는 듯 매트리스에 머리를 기대고 잠을 청하는 도훈의 반응에 공대생 역시도 그 이상 추궁할 수가 없었다.

원인과 과정이 어찌 되었든 결과적으로는 대만족이 아닌가.

"좋아, 내 솜씨를 제대로 보여줄 시간이군."

자신만만한 표정으로 다시 한 번 TV를 향해 정면 돌격!

그리고 대략 한 시간 만에 전원 버튼을 누르자 TV 화면이 나오는 놀라운 기적을 행사하셨다.

"TV다! TV님께서 강림하셨다!"

"모두들 경배하라! 그리고 오늘을 축제의 날로 정하리라!"

TV 작동 하나에 생활관의 분위기가 후끈 달아오른다. 그렇다고 케이블 채널까지 나오지는 않는다. 오로지 공중파뿐.

그렇다 하더라도 이들에게 있어서 TV가 오색 빛깔 찬란한 색깔을 비치며 시각적인 효과로 만족감을 선사해 준다는 것은 부정할 수 없는 사실이다.

게다가 공중파에서도 가요 프로그램은 나온다.

크게 실망할 필요는 없단 의미다.

다만 훈련소 조교들에게 걸리면 안 된다는 사실을 명심하면서 TV를 조심스럽게 시청해야 한다는 점을 잊어서는 안 된다.

"걸렸다간 단체 군기교육대다. 조심해서 봐."

도훈의 말에 모든 훈련병이 고개를 끄덕인다.

순번대로 감시원을 정하고 번갈아 TV를 보기로 한다.

그중에서도 이번 일에 지대한 공로가 있는 공대생과, 그리고 수수께끼의 부품 조달 미션을 성공시킨 도훈은 감시원 역할에서 제외되었다.

"자, 어디 한 번 TV를 틀어볼까?"

리모컨을 만지작거리며 TV 전원 버튼을 누르는 첫 스타트를 담당하게 된 도훈이 거창하게 몸을 풀며 엄지손가락으로 버튼을 누른다.

그러자,

소원을 말해봐(I'm Genie for you, boy)!

"소녀시대!!"

TV에 소녀시대의 모습이 나오자마자 연신 소리를 질러대는 훈련병들. 그사이에 도훈이 들키니까 입 좀 닥치라고 소리지르는 녀석들의 안면에 어퍼컷을 선사해 준다.

"들키면 바로 군기교육대라고 말한 거 들었냐, 못 들었냐?"

"죄송합니다!"

거수경례까지 하면서 도훈에게 사과하는 훈련병들이 스스

로 입을 닫으며 소녀시대의 우아한 자태를 관람한다.

늘씬한 각선미에 빵빵한 가슴, 남심(男心)을 녹이는 여체의 흐느낌에 너도나도 할 것 없이 TV 앞으로 모여든다.

그러나 도훈은 연신 하품을 하며 앨리스와 그녀의 직장 상사를 떠올리게 된다.

그 직장 상사란 여자는 어떻게 앨리스가 도훈과 계약을 맺었다는 사실을 알게 되었으며, 무슨 목적으로 자신을 찾아온 것일까.

일단 모른다고 무작정 시치미를 떼긴 했지만, 생각해 보면 직장 상사에게 솔직히 자신의 상황을 털어놓게 된다면 본래의 세계로 돌아갈 수 있지 않을까 하는 생각이 잠시나마 들었다.

하지만 그래도 2년 군 생활을 바쳐서 소원을 하나 얻는 건 꽤나 메리트가 있는 일이다. 그 소원이 물질적인 것으로도, 그리고 형태가 없는 것으로도 변모할 수 있을지 모르니까 말이다.

자신은 인간을 뛰어넘는 권한을 한 가지 얻은 셈이다.

이런 기회는 좀처럼 얻을 수 없다. 군 생활 2년이라는 대가가 혹독하게 느껴질지도 모르지만, 말년병장의 스킬을 통해서 훈련소 생활도 잘해오고 있지 않은가.

고작 훈련병 직위임에도 불구하고 남들과 다른 우수한 태도로 인해 PX 이용권과 더불어 전화 포상, 그리고 오늘 이번 TV 사건에 지대한 공로를 미치게 된 '조교 이용권'도 손에 넣을 수 있었다.

말년병장으로서 겪어온 군 생활의 지식이 그에게 많은 도움이 된다.

그렇다면 후회가 남지 않는 완벽한 군 생활을 해보는 것도 나쁘진 않을 것이다.

더욱이,

"…나도 참 무르구만."

앨리스의 다급한 표정이 아직도 잊히지 않는다. 비정규직의 한이니 뭐니 해도 단시간에 도훈도 모르게 앨리스에게 정이 많이 든 모양인가 보다.

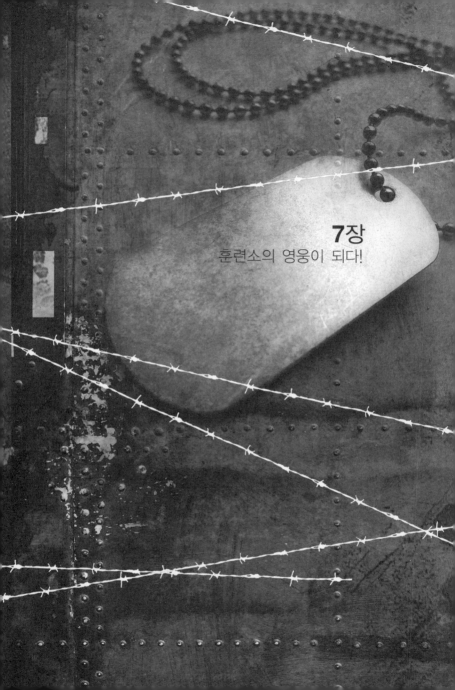

7장
훈련소의 영웅이 되다!

TV라는 든든한 응원단을 얻게 된 이들.

하지만 이들의 시련은 아직 끝나지 않았다.

"전제 주모옥!!"

유독 오늘의 교관 목소리에는 힘이 실려 있다.

주말이 끝나고 다시 시작된 월요일 아침. 구보와 함께 식사를 마치자마자 시작된 교관의 일정 교육은 오늘따라 유독 박력이 넘쳐흐른다.

그도 그럴 것이,

"오늘은 수류탄 훈련이 있는 날이다!"

어찌 보면 훈련소 훈련 일정 중에서 가장 위험한 훈련이 다가온 것이다.

수류탄 훈련. 조교의 말대로 그냥 던지면 끝나는 일이다. 하지만 생명이 달려 있는 훈련이기에 절대로 얕봐서는 안 된다.

이건 사격 훈련과는 다른 의미로 매우 위험하다. 대량 살상이 가능하다는 점, 그리고 안전통제에 구멍이 생기는 즉시 사고로 직결된다는 점이다.

도훈도 그 사실을 알고 있기에 잔뜩 긴장한 표정이다.

특히나 그가 기억하고 있는 2년 전의 사건.

분명 수류탄 훈련 도중에 커다란 사건이 벌어졌다.

"조심해야 할 필요성이 있어. 하지만……."

교관의 설명을 듣는 도훈의 머릿속이 매우 복잡해진다.

2년 전, 그가 이 훈련소에서 훈련을 받을 때 생긴 사건은 다름이 아닌 '자살 소동'이었다.

수류탄을 던지기 직전, 갑자기 어느 한 훈련병이 군 생활의 심리적인 압박을 견디지 못하고 자살하겠다고 모두를 협박한 사건이 있었다.

물론 그때는 조교들의 신속한 대처로 사건이 무마되었지만, 만약 그때 조교들이 빠르게 대처하지 않았다면 도훈은 아마 2년 뒤 꼬장의 신이라는 타이틀도 달지 못했을 것이다.

만약 저번과 같이 오늘도 사건이 일어난다면 분명 조교들의 빠른 진압에 의해 단순히 미수에 그칠 것이다.

하지만,

'이번 차원의 미래는 바뀌고 있다!'

비슷하지만 결코 같지 않은 형태로 시간이 흘러가고 있다. 도훈이 건너온 지금의 차원 역시도 같은 의미. 분명 같은 인물에 같은 시간이지만 사건은 미묘하게 다르다.

그 대표적인 사례를 도훈은 고작 3주라는 짧은 시간에 충분히 체험할 수 있었다.

이번 경우에는 미리 수류탄 사건이 벌어질 것을 도훈이 미리 인지하고 있기에 별다른 문제가 발생하지 않을 수도 있다.

왜냐하면 미리 도훈이 조교들에게 다가가서 저 훈련병의 정신 상태가 이상하니 요주의 인물로 인식하라는 충고만 가볍게 들려줘도 그만이다.

하지만 문제가 있다면 다름 아닌 도훈의 기억이 애매모호하다는 점이다.

'누가 그 자살 소동의 주범인지 기억이 안 난다.'

도훈의 기억도 완벽한 건 아니다. 2년이라는 짧은 기간이지만, 그 기간 동안 워낙 많은 사건들이 벌어졌고, 하나같이 다 스펙터클한 일들만 주구장창 일어났다.

왜 군대에서 벌어지는 일들은 다 이리도 할리우드급 덩치를 자랑하는지 모르겠다. 워낙 이런 강편치급 사건들이 많다 보니 도훈의 기억으로도 일일이 다 기억할 순 없었다.

하물며 이름도 모르는 훈련병 중에서 자살 소동을 일으킨 훈련병을 기억할 리가 만무하다.

제대로 본 적도 없을뿐더러 워낙 순식간에 진압된 사건이기에 도훈은 얼굴조차 보지 못했다. 심지어 이름조차 듣지 못했다.

"난감하네, 이거."

입술을 잘근 깨물며 난색을 표시한다.

여차저차해서 수류탄 던지는 포즈를 두 시간 정도 죽어라 반복해서 연습하고 있지만, 분명 이 중에 사건의 범인이 있을 것이다.

그 녀석이 누군지 기억이 안 난다는 게 가장 큰 문제점이다.

"누구냐. 도대체 누구냐고."

"뭘 그리 혼잣말로 중얼거리는 거야?"

"야, 김철수. 너 훈련병들 중에서 약간 정신상태 이상한 녀석 본 적 없냐?"

"너잖아."

"확 아가리를 털어버릴라. 장난하지 말고 진지하게 대답해."

"흠……."

고민하기 시작하는 철수. 하지만 도훈도 철수에게서 중대한 힌트가 나올 거란 생각은 손톱의 때만큼도 하지 않는다.

결정적인 순간에 도움이 안 되는 녀석이 바로 김철수란 녀석이니까 말이다.

"모르겠군."

"역시 나의 기대를 저버리지 않는구나."

"근데 그런 사람은 왜 찾아? 어디에 쓰려고?"

"네가 내 깊은 속뜻을 어찌 알겠냐."

아무리 철수가 바보멍청이라 해도 도훈이 사실은 2년 뒤의 미래에서 온 말년병장 이도훈이고, 그래서 지난 2년간의 기억을 고스란히 가지고 있는 사람인데, 자신의 기억에 따르면 수류탄을 들고 자살 소동을 벌이는 훈련병이 필히 나올지도 모른다는 말을 해봤자 믿어줄 것이라는 생각은 전혀 하지 않는다.

어차피 자신이 혼자서 헤쳐가야 하는 일이다.

아니, 조력자가 있긴 하다.

"조교님!"

쉬는 시간을 이용해 도훈이 손을 들고 우매한 조교를 찾는다.

연병장에서 조교용 방탄 헬멧을 쓰고 도훈을 주시하는 우매한 조교가 딱딱한 어조로 묻는다.

"무슨 볼일이라도 있습니까, 123번 훈련병?"

"잠시 화장실 좀 갔다 와도 되겠습니까?"

"2인 1조로 행동합니다. 알겠습니까?"

"예, 알겠습니다!"

화장실 허가를 받음과 동시에 가만히 앉아 있던 철수의 군복 뒷덜미를 잡고 질질 끌다시피 야외 화장실로 끌고 가는 도훈.

당사자인 철수는 영문도 모른 채 오줌도 안 마려운데 왜 끌고 가냐고 투정을 부리지만, 도훈의 신경은 철수의 투덜거림 따위는 이미 안중에도 없다.

철수에게 강제로 화장실에서 볼일을 보게 만든 뒤 나무가 우거진 쪽으로 좀 더 깊이 들어간 도훈이 앨리스를 불러낸다.

"야, 앨리스. 나와 봐."

몇 차례 작은 목소리로 앨리스를 호출하자 익숙한 바람이 살랑 불어오며 동시에 아무것도 없던 공간에서 화사한 미인이 짜잔 하고 등장한다.

"또 무슨 일이야, 귀찮게?"

대놓고 귀찮다는 표정을 지어 보이는 앨리스가 새끼손가락으로 자신의 귀를 후비적거리기 시작한다.

"너 혹시 내 2년 전의 기억을 재생시킬 수 있는 그런 능력 같은 거 있어?"

"으음. 그건 왜?"

"사실은 이번에 있을 수류탄 훈련에 자살 소동이 벌어질 거야."

"수류탄? 그게 뭐야? 먹는 거?"

"니가 무슨 식신이라도 되냐. 수류탄을 어떻게 먹는다고."

아무리 식신이라도 수류탄은 먹지 못할 것이다. 하지만 중요한 건 그게 아니니 넘기도록 하자.

"그래서, 할 수 있어, 없어?"

"못해."

"아주 깔끔한 대답, 정말 고맙다. 그리고 더불어 물어보자. 할 줄 아는 게 도대체 뭐냐, 차원관리자 아가씨?"

"실례되는 질문을 하네. 이래 봬도 차원을 다스리는 차원관리자라고! 그리고 못하는 건 나한테 그런 권한이 없기 때문에 그런 것일 뿐이야. 나도 직급이 높아지면 충분히 할 수 있다고."

"즉, 인턴인 네 신분으로는 기억을 회상시킬 수 있는 권한이 없다 이 뜻이지?"

"분하지만 대충 요약하면 그래."

"한숨이 절로 나오는구만."

이번 수류탄 자살 소동은 도훈도 신경 써서 대처해야 한다.

자신이 겪어온 차원과 지금의 차원은 다른 루트로 진행되고 있다. 행여나 조교들이 자살 소동을 일으킨 훈련병을 진압하지 못한다면 그 자리에서 대량 살상이 발생할 것이다.

방관할 수도 없는 노릇. 그렇다고 자신 혼자서 멀찌감치 떨어져 있기에는 그것도 비인간적인 행동이다. 뻔히 다른 사람들의 죽음을 알고 있는데 최소한 노력 정도는 해야 하지 않겠는가?

"정의의 사자라도 될 생각이야?"

앨리스가 무표정으로 도훈에게 질문을 던진다.

"어차피 타인의 생명이야. 너의 생명과는 별개의 문제일수도 있잖아. 그런데 왜 그렇게 신경을 쓰지? 과연 타인의 죽음이 너에게 어떠한 영향을 미칠까? 여기에 있는 사람이 너에게 있어서는 그 정도의 가치를 지니고 있는 사람들뿐일까?"

"…무슨 대답을 원하는 거야?"

"난 그저 질문한 것뿐이야. 인간이란 도대체 어떠한 감정을 지니고 있기에 이처럼 어리석은 행동을 하고 있는지에 대해서."

앨리스의 표정은 진심이다.

그녀는 인간의 감정을 이해하지 못한다. 애초에 인간이 아니기에. 그저 차원을 서성이는 정신체이기 때문에.

그들에게는 마음이라는 게 없다.

도훈의 현재 심정을 이해하기엔 앨리스에게 있어서 무리이다.

선의도 악의도 없는 단순한 호기심에서 우러나온 질문.

공허한 눈빛의 앨리스에게 도훈은 섬뜩함을 느낄 수밖에 없었다.

아무런 감정이 없다.

아무런 감흥도 없다.

인간이란 존재가 앨리스와 같은 성향이 된다면 과연 이 세상은 어떻게 변할까?

계산적이고 수동적인 존재들로 가득 찬 세계. 타인에게 피해도 주지 않으며 자신이 살아갈 효율적인 길을 모색한다.

참으로 이데아적인 사상일 수도 있겠지만.

"그딴 철학적인 질문에 대답하기에는 나는 바보에다 멍청이라서 잘 모르겠다."

한쪽 입꼬리를 올리며 장난기 가득한 미소를 지어 보이는 도훈이 앨리스의 수심 깊은 눈동자를 정면으로 응시한다.

그리고 또박또박 자신이 하고자 하는 일에 대한 해답을 내민다.

"그저 내가 할 수 있는 일이니까 하는 거야."

"굳이 수고를 거치더라도?"

"그렇지 않으면 후회라는 게 생길 거 같거든."

"후회?"

"과거를 회상하며 왜 그땐 그렇게 하지 못했을까 하는 후회야."

"어리석어. 자신이 한 행동에 왜 뒤늦은 죄책감을 가지는 거지? 비효율적인 행동이야."

"하지만 그렇기에 인간은 자기 자신을 반성하고 더더욱 엄격해질 수 있는 거지. 그거 아냐? 성공의 반대말은 실패가 아니야. 또 다른 성공이지."

"……"

"즉 이 세상에 실패란 없어. 실패했단 말은 그 일을 통해서 다른 가능성을 얻게 되었다는 또 다른 성공을 의미하는 단어야. 그렇기에 인간은 실패하지 않아. 후회하고 자신을 반성하기에 앞으로 나아갈 수 있는 추진력을 얻는 거지."

"…모르겠어."

"나도 잘 모르겠다."

도훈도 스스로 무슨 말을 하고 있는지 잘 이해가 안 간다며 씨익 웃는다.

"그러니까 난 내가 할 수 있는 일이 있다면 최선을 다할 거야. 이 빌어먹을 군 생활 2년도 까짓것 버텨주지. 못할 게 뭐 있겠냐! 내가 바로 꼬장의 신이라 불리던 사나이라고!"

"아하하! 군인 아저씨, 오늘따라 재미있네?"

배꼽을 잡으며 의미 없는 웃음을 선사하는 앨리스다.

도훈의 말을 아주 조금은 이해한 듯하다. 그리고 그와 동시에 앨리스는 도훈이 그리 나쁜 녀석은 아닐 거라는 새로운 평가도 하게 되었다.

결국 앨리스에게서 얻은 단서는 거의 없다시피 했다.

그리고 시간은 흐르고 흘러 저녁이 다 되었을 무렵.

'하지만 얻은 게 전혀 없는 건 아니었어.'

내일 있을 수류탄 훈련을 위해 저녁 식사를 하자마자 조교의 이론 교육을 받고 있는 훈련병들.

그 속에서 도훈은 머리를 최대한 굴리기 시작했다.

'단서가 있다. 앨리스의 말에 이번 사건을 풀어갈 수 있는 열쇠가 있었어.'

도훈은 의미가 없을 것이라 생각한 앨리스와의 대화였지만, 그 의미 없는 대화 속에서 도훈은 이번 수류탄 사건의 해결책을 접한 것이다.

'이번에는 내가 진압해 주마. 근성 없는 녀석.'

점호를 마치고 내일 있을 수류탄 훈련을 대비해 유독 긴장된 밤을 맞이한 훈련병들.

자리에 누운 채로 도훈은 머릿속으로 최대한 뇌세포를 각

성시켰다.

'앨리스의 권한으로는 분명 내 기억을 회생시킬 수 없다고 했다.'

이건 기정사실. 차원권리자도 나름의 계급 체계가 있는지 앨리스에게 그만한 접근 권한이 없음을 오늘 확인했다.

'그렇다면 앨리스보다 한층 더 위에 있는 그 상사 여자라면 어떨까!'

도훈이 생각한 것은 바로 앨리스의 직장 상사라 소개한 여자를 이용하는 것.

하지만 도훈은 현재 그 직장 상사 여자를 모른다는 가정 하에 행동하고 있다. 그렇다는 건 직접적으로 그 여자에게 자신의 기억을 회상시켜 달라고 부탁할 수 없다는 의미.

게다가 가장 큰 문제점은 바로 그 여자가 도훈의 눈앞에 나타나야 한다는 것이다.

'떠올려 보자. 그 여자가 나에게 접근할 수 있도록 만드는 계기가 될 무언가를.'

직장 상사가 나타난 조건을 천천히 떠올려 본다. 도훈이 혼자서 불침번을 서고 있을 때, 그것도 사람들이 깊이 잠든 새벽에 그녀는 홀로 나타났다.

물론 앨리스 역시도 도훈이 외곽 근무를 설 때 대놓고 신원 불명의 거수자로 출연한 적이 있지만, 그때는 앨리스가 도훈에게 특별한 호기심을 가지고 있기에 나타났던 것이다.

인적이 드물고 도훈이 혼자 있어야 하는 바로 그 시간과 장소!

'어쩔 수 없지.'

부스스 자리에서 일어난 도훈이 불침번을 부른다.

손전등을 켜고 도훈을 응시하는 생활관 불침번.

"무슨 일이야?"

"잠시 화장실 좀 갔다 올게."

"어, 알았어."

지금 시각 23시 30분.

이미 웬만한 훈련병들은 잠에 든 시간이며, 행정반에 있는 조교들 역시 오늘 하루는 피곤의 연속이었는지, 아니면 내일 있을 수류탄 훈련을 위해 최상의 컨디션을 유지하기 위함인지 대부분 최소한의 인원만을 남기고 취침 모드에 들어간 지 오래다.

인적이 드물다는 점을 확인한 도훈이 주변을 두리번거리며 몰래 화장실 안으로 들어간다.

각 사로별로 인원이 없음을 다시금 체크한 도훈이 일부러 큰 소리로 말한다.

"저번 그 여자의 정체가 뭘까 궁금하다!"

"……."

묵묵부답. 들려오지 않는 대답과 함께 아무런 반응도 없다. 도훈도 첫 번째부터 성공할 거라고는 생각하지 않았기에 뒤이어 두 번째 일발을 장전한다.

"그러고 보니 '앨리스'라는 여자에 대한 기억이 떠오를 것 같기도 하고 않을 것 같기도 하고……."

일발 장전 후 들려오는 낯선 여성의 음성.

"이제야 실토할 생각이 들었어?"

숏커트의 보이시한 분위기를 자아내는 금발의 미녀가 모습을 드러낸다.

복장은 정장 차림.

허리춤에 손을 올린 채 서서히 도훈에게 다가오는 직장 상사 여성.

또각또각 울리는 하이힐 소리가 화장실의 타일에 의해 유독 청아한 소음을 자아낸다.

"자, 이제 똑바로 실토해 보실까, 공범남?"

"…무엇을?"

"뻔하잖아. 너와 앨리스가 저지른 범행을 실토하란 말이야."

"난 앨리스란 녀석이 누군지도 모르는데?"

"또 발뺌?"

"발뺌이 아니라 진짜로 모른다고. 방금 그 말도 너를 꾀어

내기 위한 거짓말이었으니까."

"나를?"

"그래. 홀연히 등장했다가 홀연히 사라지는 정체불명의 여성. 다른 사람들이 만약 너의 등장 장면을 본다면 아마도 커다란 화두가 되겠지."

"나라는 존재를 이용해서 장사라도 할 생각인가 보네."

"둘이 손을 잡으면 일확천금이라고."

일명 장사꾼 연기.

인간의 본성은 다름 아닌 욕망이다. 그 욕망을 대변하는 물질이 현대 사회에서는 돈. 도훈은 이 돈을 노리기 위해 일부러 직장 상사를 불러냈다는 식으로 둘러대는 연기를 펼쳐본다.

"그것보다 너, 이름이 뭐야? 너만 내 이름을 알고 있는 건 불공평하잖아."

"음……."

고개를 살짝 기울이자 여성의 금발이 고개의 움직임에 따라 일렁인다.

"딱히 이름 같은 건 없는데?"

그럴 줄 알았다는 듯이 혀를 차는 도훈. 앨리스와의 첫 만남 때도 이랬다. 그때도 이름이 없는 앨리스에게 이름을 지어주느라 곤욕을 치른 경험이 있으니까.

"좋아, 그럼 내가 이름을 지어주지. 이말자 어때?"

"너 진짜 네이밍 센스가 최악이구나?"

"……."

그리고 똑같이 앨리스가 들려줬던 반응 그대로 또 듣고 말았다.

나름 네이밍 센스가 괜찮다 자부하던 도훈이지만, 2연타로 악평을 듣고 보니 자신감이 상실되는 듯한 기분이다.

"그럼……."

"아니, 됐어. 너에게 맡길 바에야 내 스스로 정하는 게 좋을지도 모르겠어."

"…건방진 녀석 같으니라고."

혀를 차면서 여자를 노려보는 도훈이나 어차피 본인의 이름이다. 도훈이 왈가왈부 떠들 이야기는 아닌 것이다.

과연 어떤 멋있는 이름을 지을지 비아냥거리는 눈빛으로 바라보던 도훈을 향해 여자가 천천히 윤기 있는 핑크빛 입술을 연다.

"다이나(Dinah)는?"

"…이런 젠장."

"마음에 안 들어?"

"아니. 예상외로 좋은 이름이 나온 것 같아서."

역시 본인의 네이밍 센스가 문제인 것일까. 다시금 자신의 센스를 의심해 봐야 할 필요성을 느낀 도훈이 본격적으로 작전에 돌입한다.

"네가 나한테 한 말이 앨리스라는 녀석을 알고 있는가…였지?"

"물론."

"하지만 불행하게도 난 그 녀석이 어떤 녀석인지 몰라. 그리고 네가 누구인지도 모르고. 평범한 인간으로 보이지는 않는데, 도대체 너는 누구지?"

"이미 너도 잘 알고 있잖아? 나는 차원관리자. 이 세상에 존재하는 모든 차원 간의 단면을 지배하며 총괄하는 자라고 할 수 있지."

"못 믿겠는데?"

"넌 차원관리자와 이전에 접한 적이 있어. 안 그래?"

"기억 안 나."

"불과 얼마 전 일인데?"

"기억 안 난다니까. 확인해 보고 싶으면 직접 네가 나의 기억을 회상시켜 보든가."

"……"

잠시 말문을 잃은 다이나가 갑자기 정색한 표정으로 도훈을 응시한다.

차원관리자들은 감정을 가지고 있지 않다. 무감정, 그리고 비인간적이다.

이들은 애초에 인간이 아니다. 그렇기에 이런 인간이 지을 수 없는 표정 역시도 나올 수 있다.

앨리스가 오늘 도훈의 사상에 의문을 품은 것처럼.

"기억을 회상시켜 봐라, 차원관리자 아가씨."

"나와 거래하자는 건가?"

"거래가 아니야. 너의 의심을 풀고 싶다는 거지."

도훈이 말을 마치자마자 손목에 차고 있는 시계를 바라본다.

'얼마 남지 않았다!'

12시가 되기까지 앞으로 3분 남짓. 도훈은 이 사태를 해결하기 위해 화술(話術)이라는 무기 하나만을 들고 이 싸움에 임하지 않았다.

다이나가 눈치채지 못하도록 만들어놓은 또 하나의 장치!

그 장치가 발동되기 전까지 자신의 기억을 회상시켜야 한다.

팔짱을 낀 채 도훈의 생각을 읽으려는 듯이 뚫어져라 응시하던 다이나는 어쩔 수 없다는 듯 한숨을 내쉬고선 자신의 머리카락을 한번 쓸어내린다.

"좋아, 어쩔 수 없지. 내가 졌어."

'역시!'

도훈의 예상대로 다이나는 기억을 회상시킬 수 있는 권한을 지니고 있었다. 앨리스보다 위 단계 직급을 지니고 있는 차원관리자, 그것이 바로 다이나이다.

이 다이나를 이용하기 위해서는 상당히 많은 위험을 동반해야 한다.

이 중에서 가장 위험한 요소를 배제하기 위해서는 도훈의 머릿속에서 꺼낸 기억을 자신은 보되 다이나는 절대로 봐서는 안 된다는 전제 조건이 깔려 있다.

만약 다이나가 도훈의 기억을 보게 되는 순간, 앨리스와 자신이 만난 장면을 목격할 가능성이 충분하다.

도훈의 머리 위에 손을 올린 다이나가 인간의 언어가 아닌 다른 차원의 말을 내뱉자, 순식간에 도훈의 머리에서 무언가가 튀어나온다.

"이건……!"

도훈의 손에 들린 무언가.

그것은 현대 문명사회에서 세간에 불리는 'PSP'라는 전자기기였다.

"…야, 다이나."

"왜?"

"장난하지 말고. 기억을 되살리라니까 왜 이런 물건이 툭 튀어나오냐고."

물론 신기하긴 하다. 아무것도 없는 공간에서 PSP가 툭 하고 튀어나올 줄은 상상도 못했으니까. 하기야 다이나와 앨리스 같은 미인들도 툭툭 튀어나오는데 PSP라고 안 나오겠는가.

　그러나 중요한 건 신기한 현상이라는 점이 아니다.

　"그 안에 너의 기억이 메모리 파일로 저장되어 있어."

　"정말?!"

　"그래. 이 차원에 살고 있는 사람들의 현대 지식에 맞게끔 편하게 변용시켜 봤을 뿐이야. 나름 배려를 해준 것인데 갑자기 그런 태도로 나를 비난하다니 실망스럽군."

　"…그래. 확인도 안 하고 무작정 널 비난한 내 잘못이다. 미안하다."

　"좋아, 알면 됐어."

　엄청나게 쿨하다. 한 번 삐치면 족히 사오 일은 가는 앨리스와는 다르게 다이나는 보이시한 분위기에 어울리게 성격 역시 시원스러운 면이 있었다.

　"그렇다면 어디 한번 재생시켜 볼까?"

　다이나가 도훈의 손에 든 PSP를 향해 손을 뻗는다. 지금 이 자리에서 기계를 작동시켜 억울한 누명을 풀기 위함인 것이다.

　절체절명의 위기!

하지만 도훈의 입가에 미소가 그려진다. 왜냐하면 도훈이 차고 있는 전자시계가 이제 막 자정을 가리키고 있기 때문이다.

그리고 뒤이어 화장실 문을 열고 누군가가 들어온다.

"도훈아, 나 왔는데… 하암!"

"……!"

아차 하는 표정으로 순식간에 뻗은 손을 다시 되돌리며 모습을 감춰 버리는 다이나를 향해 도훈은 끝까지 마이페이스를 유지한다.

그리고 다이나가 완전히 종적을 감췄다는 사실을 깨닫고는 비로소 승리의 미소를 짓는다.

"푸하하하! 보았느냐, 만끽했느냐, 이 책략가 이도훈님의 위대한 행보를!"

"밤부터 무슨 헛소리야, 이도훈? 그것보다 잠도 안 자고 여기서 뭐했어? 왜 나보고 12시에 딱 맞춰서 화장실로 나오라고 한 거야?"

철수가 눈을 비비적거리며 졸려 죽겠다는 얼굴로 연신 하품을 한다.

도훈이 숨겨두었던 필살의 장치! 그것은 바로 철수를 이곳으로 불러내는 거였다.

다이나는 앨리스와 다르게 도훈을 제외하고 타인이 있을

땐 모습을 드러내지 않았다.

겨우 한 번뿐인 만남이지만 최대한 도훈은 자신이 다이나와 만났던 그 장면에서 뽑을 수 있는 정보는 모조리 뽑아놓고 이 작전을 짠 것이다.

사람의 눈을 피하는 다이나. 그리고 도훈 혼자 있을 때만 나타난다.

이 두 가지 정보로 도훈은 다이나에게서 자신의 기억을 회상시킬 수 있는 어떠한 장치를 얻음과 동시에 다이나가 이 기억 장치를 보지 못하도록 주도면밀하게 계획을 세웠다.

그리고 지금 이 순간, 도훈의 완벽한 술책이 먹혀든 것이다.

"건방진 차원관리자 년들 같으니라고. 나를 이기려면 수백 년은 멀었다고!"

"뭔 헛소리를 하는 거야? 이제 난 들어가서 자도 돼?"

"그래. 후딱 가서 잠이나 자자. 나도 졸려 죽겠으니까."

철수를 이끌고 생활관으로 복귀하는 도훈의 건빵 주머니에는 아무도 눈치채지 못하도록 기억 회상 장치가 담겨 있다.

불침번에게 최대한 들키지 않게끔 모포를 머리 위까지 끌어올린 도훈은 주머니 속에 몰래 가져온 PSP를 꺼내 작동을 시켜본다.

PSP를 만져본 적은 없지만, 조작은 손쉬워서 쉽사리 기억 회상 장치를 작동시킬 수 있었다.

작은 화면에 가장 먼저 나온 것은 다름 아닌 도훈이 처음으로 훈련소에 입대하던 때다.

"이렇게 보니 감회가 새롭네."

이 기억 회상 장치에는 다른 차원에서 자신이 말년병장이 되어가면서 거친 일이 모두 담겨 있다.

이등병, 일병, 상병, 그리고 병장. 모든 계급의 추억이 담겨 있지만, 지금은 그런 추억을 회상할 여유 따윈 없다.

"훈련병 파트가… 여기 있군."

덤으로 딸려온 이어폰을 귀에 꽂고 훈련병 파일을 찾아 재생시키는 도훈. 영상과 함께 자신이 입대한 순간부터 천천히 기억이 되살아난다.

지금까지 거친 훈련들이 주마등처럼 스쳐 지나가고. 드디어 도훈이 오늘 펼치게 될 수류탄 훈련 장면이 나타난다.

얌전히 이어지고 있던 훈련 도중 갑자기 우왕좌왕하며 훈련병들이 동요하기 시작하고, 마치 지구의 재앙이라도 벌어진 듯 우르르 도망치기 시작한다.

교관은 훈련병들에게 어서 빨리 수류탄 훈련장에서 멀리 달아나라고 소리치고 있고, 울부짖는 훈련병의 모습도 더러 보인다.

"…제기랄."

절로 욕지거리를 내뱉으며 화면을 확대한다. 하지만 이 기억 회상 장치는 어디까지나 도훈의 기억 영상이고, 도훈이 그때 당시 직접 보지 못한 건 알 수가 없다.

2년 전의 도훈 역시도 뭣도 모르는 훈련병 새내기 시절이었기 때문에 일단 도망치고 보는 게 최우선이었다. 누가 범인인지는 제대로 보이지 않았지만, 그래도 한 가지 힌트는 얻을 수 있었다.

"훈련병이… 아니다!"

그렇다.

도훈은 여태 자신이 지금까지 훈련병 중에 범인이 있을 거라고 확신하고 그 범인이 누군지 추정해 보았다. 하지만 이 영상을 보자니 어색한 게 한두 가지가 아니다.

우선 수류탄을 던지는 방호 장소에는 각 조교가 담당하여 같이 훈련병과 들어가 있다.

그런데 어째서 사건은 금세 진압되지 않고 같이 들어간 조교가 아닌 다른 조교들에 의해 수류탄 사건 범인을 제압했던 것일까?

그렇다면 답은 하나다.

참호에 들어가 있는 사람은 조교와 훈련병. 이 사건이 쉽사리 진압되지 않았단 의미는…….

"훈련병이 아닌… 조교 중에 자살 소동의 범인이 있다는 뜻인가?"

차라리 훈련병 안에서 범인이 있다면 도훈의 입장에서는 편할지도 모른다.

하지만 조교 중에 범인이 있다면 그건 이야기가 다르다.

"이미 내 손에서 해결할 범위가 넘어갔나."

한숨을 쉬며 수류탄 훈련장으로 향하는 도훈은 나름 대처해 보려고 노력한다.

역시 그나마 조교 중에 가장 안면을 트며 지내는 사람을 찾아가야 하는 게 가장 직선적인 방법일지도 모른다.

"우매한 조교님."

"…123번 훈련병, 무슨 일입니까?"

수류탄 훈련장을 향해 걸어가는 도중에 우매한 조교를 찾아간 도훈이 슬며시 말을 터본다.

"이번 수류탄 훈련에 불안한 요소가 보입니다만."

"…무슨 헛소리입니까?"

"수류탄 훈련에서 사건사고가 벌어질지도 모릅니다."

"말 그대로 헛소리 같습니다. 빨리 걸어갑니다, 훈련병."

"……."

역시 말이 안 통한다.

물론 도훈도 예상은 충분히 했다. 자신이 아무리 주저리주저리 떠들어봤자 우매한 조교에게 씨알도 먹히지 않을 것이라는 사실을.

결국 도훈이 혼자서 해야 하는 것인가.

여차저차 했을 때는 앨리스의 힘을 빌리면 된다. 하지만 한 가지 확실한 것은 지금 훈련병 신분으로 자신이 할 수 있는 일은 극히 한정되어 있다는 것이다.

미래를 알고 있지만 그 미래를 바꾸는 건 매우 어려운 일이다.

여차저차 해서 수류탄 훈련 장소에 등장한 훈련병들.

교관이 훈련병들 앞에 서서 어떤 식으로 훈련이 진행되는지에 대해 설명한다.

"각 세 개 호에 한 명씩 들어가서 조교에게 수류탄을 지급받으면 방송 통제에 따라 저 작은 호수 안에 수류탄을 던지면 된다. 알겠나?"

"예, 알겠습니다!"

"절대로 긴장을 늦추지 마라! 네놈들의 실수 하나가 대형 참사로 이어질 수 있다! 지금 여기는 훈련이 아니다! 실전이라 생각해라!"

"예!"

확률은 3분의 1.

만약 조교 중 한 명이 범인이라면 수류탄을 직접 접할 수 있는 저 세 개의 호에 들어갈 조교 중 한 명이다.

호에 들어갈 조교 중에서 익숙한 모습이 보인다. 바로 도훈의 담당 생활 조교인 우매한 일병.

'저 녀석은 자살 소동을 벌일 녀석은 아니니까.'

애초에 후보 리스트에는 우매한의 이름은 존재하지 않았다. 군인을 위해 태어난 듯한 FM 사나이가 왜 이유 없이 자살을 하겠는가. 말도 안 되는 일이다.

그럼 나머지 두 명 중 하나.

우매한 조교와 같은 계급인 일병, 그리고 상병 하나.

이미 도훈의 머릿속에 해답이 들어왔다.

'뻔하군!'

그리고 도훈은 자신이 지목한 조교가 담당하고 있는 호에 자신이 배치되기를 바랄 뿐이다.

"아, 긴장된다! 씨발!"

"너 그러다가 수류탄 놓치는 거 아니냐?"

"괜히 겁주지 마라. 좆같게."

훈련병들이 제각각 소감을 밝히며 모의 수류탄으로 연습에 박차를 가한다.

철수와 도훈도 마찬가지다. 도훈은 굳이 수류탄 훈련을 할 필요는 없었지만, 철수는 긴장되는지 아니면 갑자기 수전증이 생긴 것인지 훈련소에 들어온 이후로 땀을 뻘뻘 흘리며 연습한다.

"굳이 그렇게까지 연습할 필요가 있냐."

도훈이 한심하다는 표정으로 묻지만, 철수는 오늘만큼은 진지 모드라며 말리지 말라고 한다.

"목숨이 걸려 있는데 함부로 할 수는 없지."

"그렇게 말하지 마라. 불행한 기운이 현실이 될 수도 있으니까."

나지막이 한숨을 내쉬며 철수의 발언에 비판을 가한다.

수류탄이라는 것은 간단하다. 안전핀을 뽑고 포물선 각도로 던지기만 하면 된다.

정말 단순하지만 문제는 여차 잘못하면 손모가지는 둘째 치고 목숨이 바이바이 하고서 떠나가 버릴 수 있다는 가장 커다란 단점을 지니고 있다는 것이다.

목숨 걸고 해야 한다.

그게 바로 수류탄 훈련의 의미이다.

간접적으로나마 생과 사를 오고 가는 실전 훈련을 통해서 훈련병들은 자신이 진짜 군인이 되었다는 것을 느낄 수 있다.

목숨이 오가는 상황을 과연 사회에서도 쉽게 접할 수 있을까.

수류탄 훈련은 단순히 던지기만 하는 것이 아니다. 그만큼 자신의 각오를 다지는 좋은 계기가 된다.

그 계기가 되는 훈련에서 소동이 벌어지게 된다면 아수라장이 될 수도 있다.

'내가 반드시 막아 보이겠다!'

각오를 굳힌 도훈이 천천히 수류탄 훈련에 임하기 위해 다가선다.

중간 호에 들어온 도훈. 자신이 지목한 바로 그 일병 조교와 같은 호에 들어왔다.

왼쪽에는 우매한 조교와 철수가, 그리고 오른쪽에는 자신의 앞 번호 훈련병과 상병 조교가 위치해 있다.

"123번 훈련병."

"123번 훈련병 이도훈."

"수류탄 받습니다."

"……."

얌전히 수류탄을 건네받은 도훈의 시선이 일병 조교에게 꽂힌다.

무심한 표정으로 도훈의 시선을 받는 일병 조교.

눈에 초점이 없다.

삶에 대한 의지가 느껴지지 않는다.

이 녀석은 도대체 무슨 사연을 지니고 있을까. 어떤 사연을 가지고 있기에 다른 곳도 아닌 이 위험천만한 수류탄 훈련장에서 자살을 꿈꾸는 것일까.

　속으로 여러 번 그 이유에 대해 생각해 본 도훈이지만 그 고민을 한다는 것 자체가 우스운 일이다.

　군대는 사람을 피 말리게 하는 곳이다.

　사회와 전혀 다른 통제된 구역. 사람을 군인이라는 존재로 획일화시키는 장소다. 당연히 버티지 못하는 사람도 나올 수 있다. 지금의 철수처럼.

　도훈 역시도 거기까지는 이해할 수 있다. 자신도 말년병장에 꼬장의 신이라는 타이틀을 달기 전까지는 군대는 매번 좆 같다고 욕을 하며 지냈으니까. 자살 충동을 느낀다는 다른 동기들, 혹은 후임들도 많이 봐왔다.

　하지만,

　"남에게 피해를 주면서까지 자신의 죽음을 부각시키려고 하는 짓만큼 어리석은 행동은 없다고 생각하는데."

　"……!"

　도훈의 말이 일병 조교의 미묘한 반응을 불러일으킨다.

　순간 당황한 일병 조교였지만, 재빨리 표정을 바꾸고 도훈에게 말한다.

　"감히 조교한테 반말하는 겁니까, 훈련병?"

　"그런 쓰레기 같은 사고방식을 지니고 있는 새끼한테 존대 따위를 하게 생겼냐?!"

수류탄을 받은 오른손과 반대쪽인 왼손으로 일병 조교의 멱살을 잡는다.

그와 동시에 자신이 받은 수류탄을 건빵 주머니에 넣고 재빠르게 일병 조교의 건빵 주머니를 향해 손을 뻗는다.

'역시!'

몰래 빼돌린 수류탄이 있다.

녀석은 이걸로 자살 소동을 벌일 생각이었던 것이다. 순간적으로 모든 정황을 알아낸 도훈이 건빵 주머니에서 수류탄을 빼앗으려고 하자 일병 조교가 도훈을 밀쳐낸다.

"이 새끼가!!"

일병 조교의 예상치 못한 반격. 녀석의 손에는 작은 커터 칼이 들려 있다.

"쳇!"

일병 조교가 도훈을 밀쳐냄과 동시에 커터 칼로 순식간에 도훈의 왼쪽 손에 상처를 낸 것이다. 칼을 가지고 있었다는 건 도훈의 기억 회상 장치에도 없던 내용이다.

가까이서 상황을 볼 수 없던 도훈의 기억이 이런 실수를 낳은 것이다.

"가까이 오지 마, 씨발 새끼들아!!"

결국 사건이 벌어지고 말았다.

건빵 주머니에서 수류탄을 꺼낸 일병 조교가 금방이라도

안전핀을 뽑아버리겠다는 포즈로 모두를 협박한다.

"지금 뭐하는 짓인가, 자네!!"

간부가 일병 조교를 말리기 위해 목소리를 높이지만, 그건 오히려 범인을 자극하는 꼴이 되고 만다.

"입 닥치고 있으라고 했지!!"

지금 당장에라도 안전핀을 뽑을 수 있다고 위협을 가한다. 저건 단순한 위협이 아니다. 언제든지 실제로 범할 수 있는 행동이다.

제일 가까이 있는 건 도훈. 하지만 그렇다고 모두가 다 안전하다고 볼 수는 없다.

현재 가장 위험한 사람이 도훈인 것은 변함이 없지만, 양옆에 있는 훈련병 두 명과 더불어 조교 둘, 그리고 사태 파악을 위해 다가온 기타 간부들과 조교들 역시도 유효 범위 안에 들어 있다.

훈련병들은 이미 다른 교관의 지도에 의해 대피하기 시작한다.

'결국 막지 못했나.'

사전 예방은 실패했다. 물론 도훈으로서는 최선을 다했지만 이미 사건은 터졌다.

"니 새끼들이 나에 대해서 뭘 안다고 지랄이야!! 군대? 이런 좆같은 곳에서 개 같은 새끼들이랑 2년을 보내야 한다고?

천만에!! 그럴 바에야 차라리 죽고 만다!!"

고래고래 소리치며 정신이 나갔다는 사실을 직접적으로 엄포하기 시작한다.

지금까지 쌓여온 스트레스가 폭발이라도 한 것일까.

일병 조교의 목소리가 더더욱 커진다.

"씨발!! 내가 왜 전혀 모르는 새끼들의 목숨을 위해서 군대에 끌려와야 하는데! 알지도 못하는 새끼들한테 머리를 숙이면서 바닥을 기어야 하느냐고! 인권도 없냐?! 하라면 하고 못하면 맞고! 이런 개 같은 장소가 또 어디 있냐고!!"

"……."

"너희 같은 훈련병 새끼들은 전혀 모르겠지. 군대가 얼마나 좆같은지. 온갖 불합리가 존재하고, 자유를 빼앗긴 채 통제된 공간에서 지내야 한다는 거 자체가 얼마나 스트레스 받는 일인지 알고나 있냐?"

다름 아닌 도훈을 향해 던진 질문이다.

정신 나간 일병.

이런 사람이 용케도 지금까지 훈련소의 조교로 일하고 있었구나 하는 생각을 하며 천천히 자리에서 일어선 도훈이 어이없다는 듯이 웃는다.

"하하하!!"

"뭐, 뭐가 웃긴다는 거야!!"

"니 새끼 정신 상태가 글러먹어서 답이 없다는 사실이 너무 웃겨서 그런다."

철철 넘쳐흐르는 피를 오른손으로 지혈하며 똑바로 일병 조교를 노려보는 도훈.

"군대가 좆같을 수도 있지. 하지만 말이야, 그렇게 좆같으면 너 혼자 뒈지라고, 병신아."

"이⋯⋯!"

"우매한 조교!! 지금이다!!"

시간을 끌어주던 도훈의 외침과 함께 다른 호에서부터 몰래 다가오던 우매한이 분노를 담은 눈빛을 활활 불태우며 일병 조교를 향해 뛰어오른다.

"이 멍청한 새끼야!!"

우매한이 일병 조교를 뒤에서 그대로 받아버린다.

어깨치기로 순간 무게중심을 잃어버린 일병 조교. 그러나 그건 커다란 실수였다.

"멍청한 건 니들이다!"

일병 조교가 결국 손에 들린 안전핀을 과감하게 뽑아버린다.

진짜로 죽을 생각이었던 것이다. 단순한 소동으로 끝났던 다른 차원에서의 상황이 지금은 실제로 벌어지려고 하기 일보 직전.

"······!!"

우매한 조교가 빠르게 오른손을 뻗으며 일병 조교가 수류탄을 쥐고 있는 손을 움켜쥔다. 순간적인 아픔 탓에 일병 조교의 손에서 떨어진 수류탄.

"123번 훈련병!!"

"진짜 니 새끼들 사이의 문제를 고작 훈련병 따위한테 짬처리 시키지 말라고!!"

욕지거리를 내뱉으며 바닥에 떨어지기 일보 직전의 수류탄을 그대로 받아 든 도훈.

아직도 커터 칼에 의해 상처가 난 부분 탓에 약간의 통증이 느껴졌지만, 이대로 수류탄이 폭발하게 된다면 약간의 통증 수준으로는 끝나지 않는다.

최소 사망. 무슨 짓을 해도 지금 이 순간에서 살아남을 방법 따윈 없다.

남은 시간은 고작해야 대략 3초 정도.

그대로 몸을 회전시켜 수류탄을 들고 있는 팔을 뒤쪽으로 쭉 뻗은 도훈이 공중을 바라본다.

"이런 젠장!! 빌어먹을 내 인생!!"

2초.

있는 힘껏 공중으로 수류탄을 던진다.

그대로 공중에서 폭발하면 수류탄의 잔해가 전부 도훈이

있는 쪽으로 쏟아지게 된다. 그래서 도훈은 최대한 멀리, 그리고 정확하게 호수로 떨어질 수 있도록 수류탄을 던진 것이다.

남은 시간은 1초.

"엎드려! 빌어먹을 씨발 새끼들아!"

도훈의 말에 의해 우매한이 일병 조교의 머리를 강제로 누르며 땅에 처박는다. 그와 동시에 도훈 역시도 최대한 몸을 수그리며 호 안에 몸을 숨긴다.

카운트다운 제로.

콰과과과광!!

엄청난 소리와 함께 물줄기가 공중으로 치솟는다.

이윽고 사방으로 퍼져 나가는 물방울. 마치 거대한 분수 쇼를 보는 듯한 착각마저 들게 한다.

"하아……."

가볍게 한숨을 몰아쉬며 바지에 묻은 흙먼지를 털고 일어난 도훈이 우매한 조교를 바라보며 말한다.

"그러니까 제가 말씀드리지 않았습니까."

"……."

한동안 말이 없던 우매한 조교가 훈련소에 와서 처음으로 피식 웃는다.

그러고서 조교 전용 방탄 헬멧을 깊게 눌러쓰고 말하길,

"…훌륭합니다, 123번 훈련병."

*   *   *

그 뒤로 사건의 주모자인 일병 조교는 어떻게 되었는지 도훈으로서는 알 수가 없었다.

군이 알고 싶지도 않았고, 그래 봤자 살인 미수로 빨간 줄이 그어졌을 정도일 테니 도훈은 크게 신경 쓰지 않겠다는 식의 태도로 일관했다.

의무대에서 칼에 베인 상처를 소독하고 붕대로 가볍게 마무리한 뒤 생활관으로 돌아오자 도훈에게 쏟아지는 건 다름 아닌 박수갈채다.

"123번 훈련병 이도훈님께서 입장하셨다!"

"오오오!!"

우레와 같은 박수 소리, 그리고 도훈의 자리에 펼쳐진 파티(?)의 잔해.

다름 아닌 보급 받은 건빵과 맛스타가 즐비해 있는 모습이 연출되고 있다.

어벙한 표정으로 가장 친분이 있는 훈련병 철수를 향해 지금 이 상황에 대해 낱낱이 설명해 보라고 강력히 요구하는 도훈의 눈빛에 철수가 머리를 긁적이며 말한다.

"생명의 은인에 대한 보답이야."

"지랄하네. 생명의 은인은 개뿔. 어차피 거기서 수류탄이 터져봤자 니들한테는 피해가 없었을 거 아니야. 이미 다 도망가고도 남았을 녀석들이."

"그래도 굳이 우리가 아니더라도 다른 사람들의 목숨을 구한 영웅이니까. 그리 크게 신경 쓰지 않아도 돼."

"…쳇, 남세스럽게 이게 다 뭐냐. 고작 건빵 가지고."

말은 그렇게 하지만 그래도 기분은 좋아 마룻바닥에 걸터앉아 건빵 조각 하나와 별사탕을 입안에 넣는다. 그러자 훈련병들이 도훈의 겉과 속이 다른 태도를 보고 흐뭇하게 미소를 짓는다.

"뭘 그렇게 징그럽게 꼬나보냐, 사내자식들이. 너희도 와서 처먹기나 해. 이 많은 걸 나 혼자 어떻게 먹냐?"

"역시 우리의 영웅! 배포도 있구만."

"확 입을 꿰매 버릴라."

말은 그렇게 해도 요즘 한창 주가를 올리고 있는 건 이도훈이라는 123번 훈련병임에는 틀림이 없다.

교관들도, 그리고 중대장과 대대장까지 나서서 123번 훈련병 이도훈을 칭찬하기에 바빴고, 국방일보에도 도훈의 활약상이 실릴 예정이라고 한다.

묻어가는 것이 도훈의 철칙이지만, 본의 아니게 눈에 확 들

어오는 대스타가 되었으니 도훈으로서는 난감하기에 그지없
는 상황이 되어버린 것이다.

그래도,

'…나쁘진 않군.'

자신의 손으로 사람을 구했다. 이것만큼 뿌듯한 일이 또 어
디 있을까.

그렇게 한동안 2생활관에서는 파티 아닌 파티가 벌어지고
있었다.

그때 등장한 또 다른 손님.

"123번 훈련병."

"123번 훈련병 이도훈."

생활관 책임자이자 2생활관을 이끌고 있는 우매한 조교가
전투모를 눌러쓰고 도훈을 찾아온 것이다.

"훈련병이 했던 말, 이 조교가 새겨듣지 않은 것에 대해서
는 정식으로 사과하도록 하겠습니다."

"뭐… 저라도 믿지 않았을 겁니다. 너무 신경 쓰지 말아주
셨으면 합니다."

도훈은 아무렇지도 않다는 표정으로 가볍게 우매한의 사
과를 흘려버린다. 자존심 강한 FM 조교가 도훈에게 이 정도
의 말을 꺼내기까지는 꽤나 많은 용기가 필요했을 것이다.

하지만 우매한은 사나이다. 그것도 진짜 사나이다. 인정할

줄 알고 자신을 낮출 줄도 아는 그런 남자는 사회에서도 흔치 않다.

그렇기에 도훈도 우매한을 높이 사고 있다. 쓸데없는 자존심만 높은 남자가 아닌 진짜 자신을 인정할 줄 아는 용기를 지닌 남자.

그리고 오늘 있었던 수류탄 사건에서도 다른 호에 상병이 있었음에도 불구하고 우매한이 가장 먼저 움직였으며, 가장 많이 사건을 방지하고자 노력했다.

"오늘 하루 수고했습니다, 123번 훈련병."

"감사합니다, 조교님."

우매한이 내미는 손을 마주 잡으며 악수를 한다.

둘의 첫 만남은 최악이었지만, 이들은 점차 서로를 인정해 가고 있었다.

8장
첫 행군을 하다!

"내일은 주간 행군이 있을 예정입니다."

점호 시간이 다가오자 우매한 조교가 미리 내일의 예정을 설명해 주기 시작한다.

"복장은 단독군장. 거리는 16㎞입니다. 오늘은 불행한 사고가 있었지만 그래도 훈련병들은 정신 똑바로 차리고 퇴소까지 몸 건강히, 그리고 무사히 훈련 잘 마쳐서 자대로 갈 수 있도록 합니다. 알겠습니까?"

"예, 알겠습니다!"

"그럼 점호 10분 전."

"점호 10분 전!"

훈련병들이 빠르게 움직이며 관물대 정리, 전투화와 활동화 정렬에 힘쓴다.

도훈 역시 마찬가지. 하지만 그때 철수에게 몰래 말을 건다.

"내일 행군인데 몰래 챙겨가자."

"무엇을?"

"멍청아, 우리가 짱박아둔 간식거리 말이야."

"아, 맞다!"

세 번째 서랍 뒤 공간에 은밀히 종적을 감추고 있는 간식거리.

이들은 바로 행군이라는 대난관 코스를 별다른 무리 없이 극복하기 위하여 마련된 특수요원이기도 하다.

단것을 먹으면 힘이 나듯 도훈과 철수도 이를 대비해 미리 간식거리를 챙길 요량이다.

"어차피 오늘 너하고 나 외곽 근무잖아. 근무 끝나고 와서 불침번이 바깥에 있을 때 미리 다 챙겨놓게."

"오케이! 알았어."

주간 행군이라고 해봤자 사실은 별거 없다.

특히나 이미 횟수로 세는 것도 포기했을 정도로 많은 행군을 해온 도훈에게 있어서는 산책하는 정도에 지나치지 않는다.

완전군장도 아니고 단독군장, 게다가 16㎞라니. 이건 도훈의 입장에서는 웃으면서 충분히 할 수 있는 코스임에 틀림없다.

하지만 문제는 도훈이 아닌 철수다.

처음 해보는 행군인 데다가 아직 철수는 행군이라는 개념도 제대로 이해하지 못하고 있다.

아무리 주간 행군이 거리도 짧고 단독군장 차림이라 해도 훈련병들에게 있어서 첫 행군은 매우 고달플 수밖에 없다.

특히나 가장 난해한 요소는 바로 길들여지지 않은 전투화.

이런 전투화를 신고 16㎞라는 거리를 오고 간다면 피부가 약한 훈련병은 이미 발바닥이 비명을 지르며 난리를 피울 게 틀림없었다.

'철수 이 새끼는 나한테 평생 동안 감사해야 한다.'

물론 철수는 도훈의 속마음을 알 수 없을 것이다. 만약 도훈이 철수 곁에 없었다면 훈련소의 생활은 더더욱 힘들었으리라.

그건 도훈뿐만 아니라 도훈의 절친이자 왠지 시다바리(?) 느낌을 풍기고 있는 철수 본인도 아주 잘 알고 있다.

이유는 모르지만 군대에 대한 노하우와 내공이 장난이 아닌 수수께끼의 훈련병 이도훈.

혁혁한 공을 내세우며 단숨에 특 A급 병사로 물망이 오른 도훈과 같이 붙어 다니다 보니 철수도 그만큼 많이 느끼고 배우는 게 많다.

지금 이 순간도 마찬가지다.

행군을 대비해 그동안 몰래 꼬불쳐 놓은 간식거리의 힘을 사용한다는 발상 자체도 놀라웠다.

그리고 과연 간식거리가 행군에 얼마나 많은 영향을 미칠지에 대해서도 철수는 아직 잘 모른다.

경험 부족.

이것만큼 위험한 일도 없을 것이다.

"무엇을 챙겨갈까. 흐흐흐."

오늘 밤도 달콤한 잠을 이룰 수 있겠다는 생각이 가득한 도훈은 행복한 고민에 빠진 채 점호를 마치고 스르르 눈을 감는다.

하지만 불행하게도 오늘은 11시 외곽 근무.

"이런 젠장!! 잠도 제대로 못 잤는데 벌써 근무 시간이라니!"

투덜거리며 철수와 같이 근무 준비를 위해 주섬주섬 전투복으로 환복한 뒤 총기를 받고 행정반에 신고를 한다.

그 뒤 밖으로 나가 지정된 자리에 가서 일단 총부터 내려놓고 연신 하품을 하는 도훈.

하지만 그때 알 수 없는 위화감을 느끼기 시작한다.

"야, 김철수."

"왜?"

"내가 뭔가 잊어버린 게 있는 것 같은데, 그게 뭐지 아냐?"

"그걸 내가 어떻게 알아?"

"하긴."

생각해 보니 철수에게 물어본 것이 잘못이다. 그런 난센스도 없다고 생각하면서 도훈이 필사적으로 머리를 굴리기 시작한다.

'도대체 이 위화감은 뭐지? 분명 뭔가 평소에 있어야 할 것인데 없는 듯한 그런 기분.'

게다가 그 무언가가 무엇인지조차도 알 수가 없다.

도훈 스스로가 기억력이 뛰어나다고 자부할 수도 없는 체질이기에 이제 와서 기억 회상 장치를 돌려볼 수도 없는 노릇.

그 장치는 현재 도훈의 관물대에 고이 잠들어 있다.

만약 자신이 가지고 다니다가 무슨 짓을 당할지 모르기 때문이다. 그리고 가지고 다니기에는 크기도 좀 크다.

또한 관물대 안에 넣어두면 다이나의 입장에서도 쉽사리 찾을 수 없을 것이다.

간식거리를 숨긴 장소에 기억 회상 장치를 숨겨뒀기 때문에 아무리 관물대를 뒤져봤자 다이나가 찾는 건 나오지 않을 것이다.

앨리스와 같이 도훈이 직접 비밀 장소를 알려주지 않는 한 손에 넣을 수 없을 터이다.

하지만 도훈이 느끼는 위화감의 원인은 기억 회상 장치가 아니다.

뭔가 좀 더 근본적이고 1차원적인 것.

"아, 씨발. 갑자기 기분이 좆같아지기 시작하네."

"혹시 전투복 상의 안 입고 온 거 아니야? 상의를 안 입고 깔깔이만 입고 왔다든지."

혹시 모를 철수의 충고를 살짝 귀담아들으며 야상 안의 내용물을 살펴본다.

깔깔이, 전투복 상의, 그리고 내복까지 제대로 챙겨 입었다.

"전투복은 제대로 입었어."

"그럼 고무링을 안 찼다든지."

"잠깐만."

발목 근처를 만져본 결과 고무링 두 개도 제대로 있다.

"도대체 뭐냐. 이런 기분, 졸라 더러운데."

필사적으로 생각해 보지만 떠오르지를 않는다.

한겨울에 이마에 식은땀이 나기 시작해 손등으로 땀을 훔

치며 한숨을 쉬는 순간,

도훈의 뇌리를 스치고 지나가는 위화감의 정체!

"설마?!"

아니다. 그럴 리가 없다.

물론 자대에서 병장 타이틀을 달고 난 이후부터는 굳이 챙기려고 하지 않았기에 그 습관이 남아서 지금 이 순간 잊어버렸을 수도 있다.

하지만 얼마 전까지만 하더라도 제대로 알아오지 않았는가? 게다가 문제는 떠오르지도 않는다.

"뭔지 알아냈어?"

철수가 하품을 하며 도훈에게 묻는다.

그러자 흔들리는 동공을 감출 수 없던 도훈이 천천히, 그리고 또박또박 자신이 잊어버린 무언가를 읊기 시작한다.

"그거였어."

"그게 뭔데? 시간 끌지 말고 후딱 말해봐. 궁금하잖아."

"암구호!"

"……!"

도훈이 잊고 있는 것은 손등에 쓰여 있어야 할 오늘의 암구호였다.

인생은 본래 가면 갈수록 시련의 연속이라고들 하지 않는가.

도훈에게 있어서 행보관의 관물대 엎어 까기 이후로 두 번째 대위기가 닥쳐오게 되었다.

　바로 암구호를 외우지 않은 것.

　"야, 김철수! 너 손목에 암구호 적어뒀냐?!"

　다급함에 묻는 도훈. 일단 도훈의 손등에는 암구호가 적혀 있지 않다.

　설사 적혀 있다 하더라도 방금 전 땀이 맺혀서 손등으로 닦은 탓에 지워졌을 것이다.

　당연히 기억은 안 나고, 이제 남은 인물은 믿기지 않지만 철수가 유일한 희망이다.

　"그야 당연하지! 나만 믿으라고!"

　"오, 네가 웬일로 도움이 다 되냐."

　겨우 안도의 한숨을 내쉬는 도훈에게 철수가 자신만만한 표정으로 암구호를 말해준다.

　"오늘의 암구호는 매미, 여름이야."

　"매미, 여름. 매미, 여름이라······."

　잠시 되뇌던 도훈이 이내 바닥에 있는 돌멩이를 들어 철수의 방탄 헬멧을 향해 전속력으로 투구한다.

　그래 봤자 탕! 소리를 내며 튕겨져 나오는 돌멩이지만 말이다.

　"무, 무슨 짓이야! 기껏 알려달라고 해서 알려줬더니 은혜를 원수로 갚아?!"

"병신아!! 그건 어제 암구호잖아!!"

"…그런가?"

"어휴, 저 멍청한 새끼한테 희망을 건 내가 바보지."

관자놀이를 지그시 누르며 골치가 아프다는 듯한 제스처를 취한다.

일생에 도움이 안 되는 녀석이라니.

그래도 나름 전우조(자신을 기준으로 앞 번호와 뒤 번호 훈련병을 3인 1개조로 전우조라 말한다)로 활동하던 녀석이건만 정작 필요할 땐 아무런 도움도 안 되고 있다.

"어쩔 수 없지. 순찰자가 없기만을 바라는 수밖에."

"그래도 되는 거야?"

"암구호도 모르는 주제에 기도라도 해야지. 안 그러냐?"

"그렇긴 하지만……."

만약 조교나 교관이 순찰을 돌다가 이들을 발견해 암구호를 물어봤다간 그 자리에서 아무것도 못하고 끝장이다.

기껏 오늘 수류탄 사건으로 좋은 이미지를 다져놨건만 암구호 하나로 훅 갈 수는 없는 노릇.

게다가 야밤에 괜히 땀나게 얼차려를 받는 건 더더욱 싫다.

손목시계를 보면서 지금이 몇 시인지부터 파악해 두는 것이 급선무. 시간을 보자 현재 시각은,

"11시 50분!"

근무가 끝나기까지 고작해야 10분밖에 남지 않았다.

아무래도 행운의 여신은 이들에게 미소를 지어주는 듯하다.

"어휴. 간신히 살았네."

"그러게. 나도 살았어."

"앞으로 암구호 좀 알아두고 다녀, 새끼야. 괜히 식은땀 났잖아."

"너도 몰랐으면서 왜 나한테만 그래."

"난 의무대 들렀다 오느라 몰랐던 거고, 넌 남아도는 시간에 도대체 뭘 한 거냐?"

"그거야……."

우물쭈물하던 철수가 갑자기 얼굴을 붉힌다. 뭔가 말하기 창피해하는 모양새에 도훈이 툭 까놓고 묻는다.

"딸딸이라도 치고 왔냐?"

"뭐… 그런 셈이지."

"얼마나 못 참았기에 화장실에서 딸딸이를 치고 오냐. 야한 잡지도 없잖아."

"그냥… 여친 생각 하면서 하면 되는 거지."

"……."

순간 할 말을 잃은 도훈이 잠시 후에 두 손으로 귀를 파더니 두 눈을 깜빡이며 철수한테 되묻는다.

"…미안. 내가 못 들어서 그런데, 다시 한 번 말해줄래?"

"여친 생각 하면서 딸딸이 쳤다고 했는데… 그게 뭔 문제
가……."

"너한테 여친이 있다굽쇼?!"

훈련소에 들어온 이후로 가장 충격적인 소식을 접하게 된
도훈이 아닐까 싶다.

난데없이 철수에게 다가가 멱살을 쥐고서 이 새끼를 당장
죽여 버릴까 진심으로 고민하는 듯한 눈빛으로 살기를 품는
다.

"거짓말하지 마라. 네 녀석한테 무슨 여자 친구가……."

"뭔 소리야? 난 여자 친구 있으면 안 돼?"

"난 네 말을 믿지 않아! 증거, 증거를 보여라!"

"알았어. 사진 보여주면 되잖아."

뭐가 그리 호들갑이냐며 한숨을 내쉰 철수가 왼쪽 가슴팍
에 있는 호주머니에 손을 넣고서 작은 수첩을 꺼낸다.

그리고 그 수첩 안에 들어 있는 사진 한 장을 꺼내 도훈에
게 보여주는데,

"이, 이것은?!"

끝내주는 미인이 철수의 옆에 나란히 앉아 두 손으로 브
이(V) 자를 그리며 귀엽게 윙크하고 있는 게 아닌가!

긴 생머리 그녀. 몸매도 보아하니 얼핏 보이는 가슴골이 남자깨나 울릴 법한 그런 환상적인 몸매를 자랑하고 있다!

"친누나냐?! 친누나라고 말해줘!"

"여자 친구라고 했잖아!"

"몇 살 차이냐?"

"나보다 연상이야. 스물일곱 살이고 회사 다녀."

"이런 빌어먹을! 누구는 스물일곱 살 쭉쭉빵빵 여사원 미인이랑 사귀고 있는데, 누구는 여친도 없고 군대만 두 번째라니! 세상에 이런 불공평한 경우가 어디 있어!"

개머리판으로 자신의 방탄 헬멧을 거세게 두드리기 시작하는 도훈이 극도의 정신 분열 증세를 보이기 시작한다.

이런 어중이떠중이도 여친이 있는데 본인은 왜 없는지에 대한 자괴감에 빠질 무렵이다.

"도훈이 너는 여친 없어?"

"그래, 없다! 씨발! 좆같은 세상이네, 진짜! 확 한 대 패버릴라!"

"그럼 내가 소개시켜 줄까? 훈련소에서 신세진 것도 많고……."

"아이고, 형님 오셨습니까. 헤헤헤. 제가 감히 철수님에게 이런 무례한 짓을 저지르다니. 저를 못된 놈이라 욕해 주십시오."

여자를 소개시켜 준다는 말 한마디에 사람의 태도가 확 달라진다는 사실을 철수는 다시 한 번 깨닫게 되었다.

그 정도로 여자가 절실했던 것일까.

군대가 여자를 필요로 하게 만든다는 사실을 철수는 잘 알고 있지만 도훈의 태도에 동정심이 느껴질 정도이다.

"나중에 같이 휴가라도 맞춰서 나가게 되면 내가 소개시켜 줄게."

"그 약속, 꼭 지키는 거다? 알겠냐?"

"당연하지! 너한테 신세진 것도 엄청 많으니까 이번 기회에 갚는 것도 나쁘지 않지."

"절친이여!"

어깨동무를 하며 철수의 절친임을 자처하는 도훈이다.

오늘은 수류탄 사건을 막아내는 영웅으로, 그리고 장래 여자까지 소개받을 거라는 약속까지 받아낸 도훈의 입장에서는 최고의 하루가 되었다.

아니, 최고의 하루가 될 뻔했다.

인기척을 느낀 도훈이 황급히 총을 들고 한쪽을 겨누며 외친다.

"정지! 손들어! 움직이면 쏜다!"

이번에는 저번 앨리스와는 다르게 확실한 인기척이 느껴졌다. 철수도 낯선 거수자의 형태가 보이는지 즉각 한쪽 무릎을 굽히고 얼떨결에 도훈의 자세를 따라 한다.

"누구냐?"

먼저 거수자의 정체를 묻는 도훈의 질문. 그러자 익숙한 목소리가 두 손을 들고 자신의 정체를 밝힌다.

"2중대 중대장이다."

"…용무는?"

"근무 순찰."

드디어 올 것이 오고야 말았다. 근무가 끝나기까지 앞으로 남은 시간은 3분.

하필이면 이 타이밍에 재수도 없게 중대장이 순찰을 돌고 있는 것이다.

"신원 확인을 위해 5보 앞으로."

천천히 모습을 드러내는 다이아몬드 세 개의 위엄.

진짜 중대장이다. 일반 교관도 아니고 조교도 아니다. 하필이면 중대장이라니.

"그런데 자네들."

중대장이 모자를 고쳐 쓰며 드디어 도훈이 빠뜨린 것을 묻기 시작한다.

"왜 암구호는 묻지 않는 거지?"

"……!!"

그냥 물 흐르듯 어물쩍하게 넘어가려 한 도훈이었지만 결국 들키고 말았다.

원래는 손들어, 움직이면 쏜다, 경고 이후 암구호를 물어야 하지만 일부러 도훈은 그 과정을 생략했다.

왜냐하면 암구호를 모르기 때문이다.

철수가 알고 있는 것은 어제의 암구호. 오늘의 암구호는 철수도, 도훈도 모르는 상황이다.

그런데 이 상황에서 중대장이 암구호를 직접 물어온 것이다.

'씨발. 좆 됐다!'

"설마 암구호를 모르는 건 아니겠지?"

"아, 아닙니다!"

"그럼 말해보게. 123번 훈련병, 오늘의 암구호는?"

"123번 훈련병 이도훈! 오늘의 암구호는……."

아무리 생각해도 떠오르지 않는다.

시간이 지날수록 점점 도훈의 등에는 식은땀이 흘러내리고, 철수는 불안한 눈빛으로 도훈의 등 뒤만을 응시하고 있다.

중대장의 날카로운 눈빛은 먹이를 앞두고 있는 호랑이의 그것과도 같이 닮아가는데,

그 순간 예상치 못한 도우미가 등장하게 된다.

"올빼미, 나무."

"오, 올빼미! 나무! 이상입니다!"

도훈의 귀에만 들려온 암구호였지만, 일단 위기 상황이었기에 확인 절차도 없이 무턱대고 내뱉긴 했다.

과연 정답일까.

긴장한 표정으로 중대장의 눈치를 살피던 도훈의 시야에 고개를 힘차게 끄덕이며 만족스러운 웃음을 보이는 중대장의 표정이 들어온다.

"알고 있으면서 왜 말하지 않았나?"

"그, 그게… 너무 긴장한 나머지 깜빡했습니다!"

"다음부턴 조심하도록."

"알겠습니다!"

간신히 위기를 넘기고 생활관으로 돌아온 도훈과 철수. 생각지도 못한 위기를 간신히 넘긴 탓인지 철수는 돌아오자마자 곧장 곯아떨어진다.

반면, 도훈은 불침번에게 잠시 화장실 좀 갔다 오겠다는 말을 남기고 나서 아무도 없음을 확인한 뒤 나지막이 외친다.

"앨리스, 나와 봐."

그러자 아무것도 없던 공간에서 사라락 소리와 함께 등장한 차원관리자 아가씨 앨리스.

"나 불렀어?"

청아한 목소리와 함께 등장한 앨리스의 복장은 카디건에 청바지. 평상시와는 다르게 생각보다 평범한 차림이다.

　도훈보다 머리 크기 하나 정도 작은 키의 앨리스를 살짝 내려다보며 아까의 일에 대해 묻기 시작한다.

　"나한테 암구호 알려준 게 너지?"

　"응. 나는 너 말고는 다른 사람의 눈에 보이지 않으니까."

　"…일단 고맙다. 이 말을 해주고 싶어서 불러낸 거야."

　"고마움을 느끼고 있어?"

　"피도 눈물도 없는 남자는 아니니까."

　"그렇다면 다행이네."

　오늘따라 앨리스의 분위기가 상당히 차분하다.

　평상시 같으면 뭔가 까불거리는 모습이 있어야 하는데 눈빛도 그렇고 단아한 복장도 그렇고 왠지 모르게 평상시의 앨리스와는 좀 다르다.

　"무슨 일 있었냐?"

　"글쎄… 그것보다 나에 대한 고마움을 느꼈지?"

　"아까 그거?"

　"응."

　"뭐… 아니라고 할 수는 없으니까."

　"그럼 나한테 선물을 줘."

　"가진 거 없는 군인한테 뭘 달라는……."

살짝 짜증을 내려던 도훈이지만 그다음 말을 잇지 못했다.

왜냐하면 순식간에 도훈의 정면으로 마주 선 앨리스가 자신의 양팔을 도훈의 목에 두르고 부드러운 입술로 도훈의 입을 봉해 버렸기 때문이다.

긴 머리카락이 살짝 휘날리며 향긋한 내음을 풍겨온다.

살짝 맞닿은 앨리스의 가슴 감촉이 도훈의 심장 부근에 부드러운 촉감을 선사해 준다.

도훈의 목에 두른 손을 풀고 두세 걸음 물러단 앨리스가 미세하게 붉어진 얼굴을 양손으로 가리며 귀엽게 윙크해 보인다.

"키스 선물… 고마워."

"이, 이, 이, 이……."

"응?"

"이게 뭐하는 짓이야?!"

당황한 나머지 뭐라 말을 해야 좋을지 분간을 못하는 도훈에게 앨리스가 살짝 토라진 표정으로 말한다.

"다른 여자 소개 받지 마."

"…뭐?"

"그러니까 다른 여자 소개 받지 말라고."

"니가 뭔 권한으로 그런 말을 하는 거야? 날 평생 솔로로 만들 생각이냐?"

"내, 내가 여자 친구 해주면 되잖아."

"누가 괴생명체 따위랑 사귀겠다고 했냐? 남의 연애사 방해하지 말고 후딱 사라져!"

"싫어! 나하고 키, 키스까지 했으니까 넌 이제부터 내 거라고!"

"무슨 애도 아니고 뭔 헛소리야! 고작 키스 한 번 했다고 내가 너랑 결혼이라도 해야 된다는 거야 뭐야? 부정 탄다! 저리가!"

후딱 사라지라는 제스처를 취해보지만, 오늘의 앨리스는 각오를 하고 왔는지 재차 도훈에게 강조한다.

"아무튼 다른 여자 소개 받지 마! 난 분명 경고했어! 알겠지?"

라고 말하며 자신이 할 말만 주구장창 늘어놓고서 후다닥 모습을 감춰 버린다.

묘하게 앨리스의 뒷모습이 떨리는 듯한 건 도훈의 착각이 아니리라.

"무슨 헛소리를 하나 했더니만……."

믿기지 않는 일일 수도 있다. 인간도 아닌 차원관리자라는 존재가 자신에게 느닷없이 고백을 해온 일은.

물론 앨리스는 다른 여자에 비해 수준이 상당히 높은 여성임에는 틀림이 없다.

외형적인 면도 그렇고 성격적인 면도 애교 있고 귀엽기까지 하다. 인간의 감성을 이해 못하는 부분이 간혹 보이기는 하지만 그래도 저 정도는 애교로 봐줄 수도 있다.

하지만 어디까지나 인간이 아니지 않는가.

"군 생활 최대의 위기가… 생각지도 못한 곳에서 터질 줄이야."

앨리스의 예상치 못한 기습 키스를 당해 버린 도훈은 믿기지 않지만 두근거리는 마음 탓에 거의 잠을 설치다시피 했다.

아침에 일어나자마자 도훈이 제일 먼저 한 것은 바로 늘어진 하품 3연타.

'그년이 진짜……!'

속으로 열불이 터지지만 그래도 앨리스와의 키스가 기분 나쁘진 않았다.

나름 귀엽고 애교 있는 녀석인지라 정말로 앨리스가 차원 관리자와 같은 이상한 괴생명체가 아닌 평범한 여자라면 사귈 용의도 충분히 있다.

아니, 만약 진짜로 인간이라면 오히려 도훈이 앨리스의 바짓가랑이를 붙잡고 제발 사귀어달라고 애원했을지도 모른다.

그러나 세상에 완벽한 존재는 없는 법.

앨리스가 천부적인 미인이라 할지라도 도훈과의 사이에 성립할 수 없는 불안 요소가 있는 한 절대로 간과하고 넘어가서는 안 된다.

여하튼 그건 차차 해결해야 할 일. 오늘은 오늘의 위기에 또다시 대처해야 한다.

"훈련병들은 단독군장으로 연병장에 집합!"

점호와 아침 식사를 마친 뒤 청소를 하고 나자 떨어진 집합 명령.

단독군장이란 탄띠와 수통, 방탄 헬멧, 그리고 총 등을 소지한 간편한 복장이라고 생각하면 된다.

그렇다고 절대로 이러한 복장이 편하다는 의미는 아니다. 총의 무게 하나만으로도 꽤나 부담스러운 차림이라는 것을 잊지 말도록 하자.

오늘 도훈과 훈련병들이 행할 주간 행군의 복장은 단독군장.

16km라는 거의 산책로 비슷한 짧은 거리를 갔다 올 예정이지만 군복과 단독군장, 그리고 총과 전투화를 신은 상태에서부터 이미 산책이라는 단어와는 거리가 먼 형식으로 자리매김하게 된다.

훈련.

이건 엄밀한 훈련이라는 뜻이다.

"그래도 완전군장이 아닌 게 어디냐."

흘러내리는 방탄모를 살짝 들어 올리며 말하는 도훈. 그러나 도훈을 제외하고 다른 훈련병들은 첫 번째 행군이라는 말에 사뭇 긴장한 표정이 역력하다.

특히나 어리바리의 대명사(이지만 여친이 있는 부러운 남자)인 철수는 벌써부터 도훈에게 도움을 요청하고 있다.

"일단 수통은 꽉 채워왔는데… 괜찮겠지? 행여나 목이 마르면 많이 마실 수도 있잖아."

"이래서 행군 초보는 안 된다니까."

고개를 절레절레 흔들던 도훈이 철수에게 좋은 충고를 하나 들려주겠다며 말을 이어간다.

"물은 3분의 2 정도만 채워두는 편이 가장 적당한 거다. 알겠냐?"

"왜?"

"너무 가득 채우면 무거우니까. 그리고 수통에 물을 많이 담아봤자 전부 니가 마시는 게 아니다."

"그건 또 무슨 뜻이야?"

"물이 없는 녀석들이 수통에 물이 남아 있는 녀석들을 찾아 하이에나처럼 왔다 갔다 하기 때문이지. 그리고 그게 자대의 경우에는 선임이 된다고. 선임이 네 수통에 있는 물 좀 달라고 하면 넌 그걸 거절할 수 있냐?"

"…못하겠지."

"거 봐라. 어차피 수통에 물을 최대한 많이 넣어봤자 니가 다 마시는 게 아니라니까. 물을 충분히 넣는다는 의미는 곧 3분의 2 정도만 채워서 간다는 말이야. 그리고 3분의 2도 꽤나 많은 양이라고."

"그런가?"

못 믿겠다는 시선으로 수통을 이리저리 흔들어 보이는 철수지만, 도훈의 말 그대로 수통은 마법의 아이템 중 하나다.

보기와는 다르게 상당히 많은 양의 물이 들어가는 만능 아이템! 그리고 희한하게 제작 연도도 웬만한 훈련병보다 선배격이다.

덕분에 깨끗한 물을 마실 수 있다는 그런 어리석은 희망은 진즉에 포기해야 한다.

더러운 물이지만 그래도 살기 위해 마시는 물. 그것이 바로 수통인 셈이다.

"참고로 나는 반절만 담아왔다."

자랑이라도 하듯이 자신의 수통을 내미는 도훈의 말에 혀를 내두른다.

"고작 반절 가지고 버틸 수 있겠어?"

"물론이지, 짜식아. 이 형님이 고작 단독군장 16㎞ 주간 행군에 지쳐 쓰러질 것 같냐? 너나 걱정하셔."

"나중에 내 물 달라고 해도 안 줄 거다."

"달라고도 안 해."

도훈은 물 한 모금 마시지 않고도 웃으면서 행군을 완주할 자신으로 충만한 상태다.

이미 자대에서 40㎞가 넘는 무수한 행군을 견뎌왔기에 이 정도 행군은 도훈에게만큼은 산책이라는 단어가 적용되는 것이다.

주간 행군을 하기 전에 훈련병들이 연병장에 모여 대대장한테 신고식을 하고, 1중대 중대장을 선두로 드디어 훈련병들의 첫 행군이 시작된다.

"1중대 파이팅!!"

"파이팅!!"

가장 먼저 앞서나가는 1중대의 함성 소리. 도훈과 철수가 속해 있는 2중대는 그다음 주자로 곧장 따라가기 시작한다.

2중대의 발걸음이 시작되자 1중대 중대장한테 질 수 없다는 듯이 2중대 중대장 역시도 목소리를 한층 높여 외친다.

"2중대!! 프와아이티이잉!!"

"프와아이티이잉!!"

열혈 중대장의 응원 구호에 따라 훈련병들 역시 한 손을 높이 들며 파이팅 구호를 외친다.

출발은 정말 산뜻하고 좋다.

날씨도 쾌청할뿐더러 오랜만에 훈련소 밖을 나와 조금이라도 사회라는 공간과 접할 수 있게 되었다는 훈련병들의 기대 어린 시선 역시도 이번 행군의 스타트를 기대하게 만드는 요소 중 하나이다.

하지만 과연 이런 들뜬 기분이 언제까지 이어질 것인지에 대해서는 아마 본인들도 예상하지 못하고 있을 것이다.

　　　　*　　　　*　　　　*

주간 행군은 총 세 시간으로, 한 시간 간격을 위주로 두 번의 휴식을 통해 다시 부대로 복귀하는 스케줄로 구성되어 있다.

그리고 그 한 번의 휴식을 맞이하기 직전,

"나 죽어!!"

도훈의 뒤에서 걷고 있던 철수가 곡소리를 내기 시작한 지 30분 정도 지날 무렵이다.

앞에서 대놓고 짜증 섞인 얼굴을 하던 도훈이 총구로 철수의 방탄모를 빠악 강타하며 말한다.

"시끄러워, 씨발 놈아!"

"힘들어 죽겠다고! 헥헥! 도대체 행군은 왜 하는 거야?! 차 타고 다니면 되잖아!"

"병신아, 전시 상황에서 차를 운행할 수 없는 상황을 가장 하고 하는 게 행군이라는 거잖아. 교육할 때 또 졸았냐?"

"이성적으로는 알고 있지만… 그래도 군대는 이상한 곳 같지 않냐? 편리한 걸 놔두고 굳이 불편한 길을 모색하느냐고."

"그건 나도 부정할 생각이 없지만, 그렇다고 우리가 이래라저래라 할 짬밥도 안 되잖아. 그냥 하라면 해야지. 훈련병 주제에 뭘 또 요구하겠냐."

"그렇지만……."

"불평할 시간 있으면 후딱 걷기나 해라. 괜히 뒤에 따라오는 사람한테 민폐 끼치지 말고."

"쳇. 알았다니까."

실제로 힘든 건 아니다. 일반인의 체력으로도 충분히 소화할 수 있는 게 바로 주간 행군이니까 말이다.

16㎞ 거리 역시도 평범한 행군 거리에 비하면 애교 수준. 하지만 철수를 비롯해서 다른 훈련병들이 죽을상을 하고 있는 이유는 다름이 아닌 '첫 행군'이라는 부담감과 더불어 아직 길이 제대로 들여지지 않은 전투화 때문이다.

전투화의 무게만으로도 이들에게는 많은 무거움을 선사해준다. 착각이 아니라 실제로도 무거우니까 말이다.

특히나 길들여지지 않은 전투화는 이제 막 입대한 훈련병들에게 있어서 최대의 적이라 할 정도이다.

발을 불편하게 만들뿐더러 민감한 피부의 훈련병에게는 물집이라는 고통스러운 선물도 선사해 준다. 그리고 그 물집이 발생할 확률이 기하급수적으로 늘어나는 훈련이 바로 행군이다.

아무리 주간 행군이라고 하지만 물집이 전혀 잡히지 않는다는 건 말이 안 된다. 실제로 도훈도 예전 같은 경우에는 물집이 많이 잡혔다. 그리고 지금도 마찬가지.

'더럽게 아프네. 씨발.'

머릿속은 다른 차원에서 건너온 말년병장 이도훈이지만, 실제 지금의 육체는 말년병장 이도훈이 아닌 훈련병 이도훈이다.

그래서 아직 발에 굳은살도 박이지 않은 상태. 물론 도훈은 물집이 잡히지 않는 예방 조치 같은 걸 알고 있지만, 주간 행군을 통해서 물집을 잡히게 해둬야 굳은살이 빠르게 생성되기 때문에 일부러 물집을 만들어내고 있다.

미리 발을 만들어두고 전투화 길을 들여놔야 이다음 주에 있을 야간 행군을 무사히 소화할 수 있다.

야간 행군은 주간 행군과 다르게 완전군장 형태로, 그것도 야밤에 밤을 새우면서 하는 행군이기에 훈련병에게 있어서는 지옥의 난코스라고 불리고 있다.

화생방은 짧은 순간 고통 받으면 끝이지만, 야간 행군은 여덟 시간 동안 고통 받아야 한다. 게다가 사람이 가장 참기 힘들어하는 수면욕과의 싸움도 야간 행군에서 맛볼 수 있는 별미 중의 별미.

도훈은 훈련병으로서의 육체를 미리 단련시키기 위해 벌써부터 자신과의 싸움을 시작한 것이다.

'조금만 참자. 조금만 참으면 말년병장으로서의 내가 탄생할 수 있을 거라고!'

틈만 나면 운동을 하면서 몸을 만들어가야 한다. 그래야 2년의 군 생활을 편하게 보낼 수 있기 때문이다.

반면, 철수는 인내심이 바닥난 상태에서 오로지 도훈의 등 뒤만 보고 따라가고 있는 중이다.

이미 몸도 만신창이. 아직 한 시간도 채 지나지 않았는데 벌써부터 발은 불이 날 듯한 촉감을 마구 선사해 주고 있다.

"도훈아."

"또 왜?"

"나의 죽음을… 조교들에게 알리지 마라."

"저 입을 확 꿰매 버릴까."

짜증의 짜증을 불러일으키는 철수의 한마디 한마디에 도훈의 인내심이 점점 주식이 하락하듯 하향 곡선을 그리기 시작한다.

도대체 언제까지 저 녀석의 투정을 받아줘야 하는 것일까 고민하던 찰나에, 행렬을 통제하던 우매한 조교가 형광봉을 들며 어느 한쪽을 가리킨다.

"훈련병들은 저쪽 갓길로 빠집니다. 오와 열을 맞춰 질서 정연하게 빠지도록 합니다. 알겠습니까?"

"예……."

"목소리 크게 합니다. 알겠습니까?"

"예!"

드디어 찾아온 첫 번째 휴식 시간. 일렬로 쭉 늘어선 채 그대로 털썩 자리에 주저앉은 철수는 앉자마자 수통부터 꺼내 든다.

그리고 뚜껑을 열어 벌컥벌컥 물을 들이켜기 시작하는데,

"물로 체하는 꼴 보기 싫으니 천천히 마셔라."

도훈은 몰래 챙겨온 초코바 하나를 입에 털어 넣으며 철수에게 경고 아닌 경고를 던진다.

물을 너무 급격하게 마시는 것도 건강상에 좋지 않다. 무턱대고 마시는 것보다 입안을 헹구면서 안의 열을 식힌다는 느낌으로 물을 마셔줘야 좀 더 달아오른 몸의 체온을 낮출 수 있기 때문이다.

그러나 도훈의 충고는 한 귀로 듣고 한 귀로 흘려버렸는지 벌써부터 수통의 반을 비워 버린 철수가 입맛을 다시며 다시 뚜껑을 닫는다.

"다 마시면 안 되겠지?"

"내 물은 절대 안 준다."

"어제는 절친이라더니."

"그래서 내가 충고했잖냐. 천천히 마시라고. 그렇게 다 마시고 나면 나중엔 몸이 더 불편해진다니까. 운동선수들이 왜 괜히 물을 조금 마시는지 알아? 몸을 움직이는 데 불편해서 그러잖아."

"나도 이성적으로는 알고 있지만 본능이 이성보다 더 큰 것을 어떡하냐."

"본능을 컨트롤할 줄 알기에 인간을 만물의 영장이라 하는 거잖아, 병신아."

그래도 마냥 철수를 탓할 수도 없는 것이, 도훈도 2년 전에는 철수와 똑같이 아무것도 모르고 물을 무작정 들이켰던 경험이 있다.

지금에야 말년병장 이도훈이기에 적당히 자신을 컨트롤할 수 있지만, 철수의 반응은 평범한 축에 속할 뿐이고 도훈은 특이한 케이스란 사실 정도는 본인도 아주 잘 알고 있다.

그렇기 때문에 딱히 철수에게도 뭐라 할 수 없다.

"그나저나 앞으로 대략 두 시간 정도 남았나?"

전투화를 벗어서 발의 상태를 검토해 본다. 이미 물집은 잡힌 지 오래. 아킬레스건 부근에 500원짜리 사이즈로 하나, 그리고 발바닥에 하나. 참으로 골고루도 잡혀 있다.

"버틸 수는 있겠구만."

어차피 죽지는 않는다. 고작해야 아픈 정도.

그 아픔을 딛고 끝까지 행군을 마쳐야 뒤에 있을 야간 행군도 별다른 무리 없이 소화할 수 있다.

인내심!

군대에서 가장 필요한 게 바로 인내심이기에 도훈은 말없이 묵묵히 전투화를 신고서 끈을 졸라맨다.

한겨울이라 그런지 대낮임에도 불구하고 칼바람이 불기 시작한다.

본래는 추워 죽겠다는 식의 반응이 나와야 정상이지만 행군을 하게 되면 절로 땀이 흐른다.

설사 그게 혹한기 훈련이라 할지라도 행군만 하게 되면 절로 전투복이 땀으로 흠뻑 젖는 신기한 마법이 발동된다. 여기에 완전군장 상황이라면 더더욱 최악이겠지만 말이다.

"아따, 덥다."

철수가 땀을 뻘뻘 흘리며 따라오고 있다. 도훈도 마찬가지다.

그나마 주변에 풍경이 좋아서 할 만하지, 일반적으로 행군을 한다면 그게 단독군장 차림의 주간 행군이든 뭐든 무조건 하기 싫다.

희한하게 군부대 주변은 도시에서 볼 수 없는 자연 친화적인 풍경이 많이 있다.

물론 부대 자체가 시골구석에 있기에 그런 경우의 수가 다반사라는 건 당연한 말이지만, 그래도 군대에 들어오게 되면 사소한 것에서도 즐거움을 찾는 법을 익히게 된다.

"나중에 휴가 나가면 여친이랑 이 들판에서 반드시 사진 찍어야겠다."

행군을 통해서 나만의 사진 찍기 명소를 찾아냈다는 듯이 다짐하듯 말하는 철수에게 도훈이 넌지시 말한다.

"군이 군부대 근처에서 사진을 찍겠다고 말하면 네 여친님이 너한테 싸대기를 먼저 날릴 것 같지 않냐?"

"…그런가?"

"도대체가 너처럼 눈치 없는 녀석한테 그런 미인이 여자친구로 있다는 게 더 신기하다. 도대체 어떤 계기로 사귀게 된 거냐?"

"아, 사실 우리 학교 선배인데, MT 가서 사귀게 됐어."

"MT라면… 모텔의 약자?"

"말 그대로 MT. 학과 여행으로 가는 거 있잖아. 2박 3일."

"거기 가서 무슨 짓을 했기에?"

"그냥 단둘이 술 마시다가… 처음 본 순간부터 나한테 호감이 있었다고 하더라고."

"니가 먼저 고백한 것도 아니고 여자가 먼저 고백을 했다고? 이런 씨발! 행군 때문에 가뜩이나 짜증나 죽겠는데 더 짜증나려고 하네. 캬악~ 퉤!'

길가에 과감하게 침을 뱉으며 더러운 기분을 몰아내기 위해 최선을 다해보는 도훈.

철수에게 여자 친구가 있는 것도 서러워 죽겠는데 하필이면 그 여자 친구가 작살나는 미인이다.

세상은 본래 이리도 불공평하고 힘든 법이다.

평등이란 단어는 개나 줘버리라는 식으로 방탄모를 다시고쳐 쓰던 도훈이 손목시계를 바라본다.

"그래도 여차저차 이야기하는 사이에 벌써 두 시간이나 흘렀네."

물집의 아픔도 서서히 달아오르고 있지만, 고통도 익숙해지면 별거 아니게 된다. 유독 발의 피부가 민감한 도훈이기에 이런 식으로 물집을 잡혀놔야 나중에 행군 때 뒤탈이 없을 것이다.

반면, 철수는 피부 하나만큼은 괜찮은 듯 아직까지는 물집이 없다고 도훈에게 보고한다.

"이래 봬도 철의 피부를 가진 사나이라 불리고 있지. 후후후."

"그래, 너 잘났다."

자화자찬에 빠진 철수에게 가운뎃손가락을 올려 엿이나 먹으라는 제스처를 보낸다.

이러쿵저러쿵 떠드는 사이 언제 다가왔는지 우매한 조교가 헛기침을 하며 이들을 부른다.

"123번, 124번, 떠들지 않습니다."

"예."

"죄송합니다!"

도훈에 뒤이어 철수가 빠르게 사과하며 가던 길을 간다.

형광봉을 들고 훈련병들을 인솔해 가는 조교들은 총을 들지 않은 단독군장 상태.

총이 있고 없고의 차이는 매우 크다. 한쪽 어깨에 엄청난 무게감을 없앨 수 있느냐 없느냐의 차이니까 말이다.

조교들의 모습이 부럽다는 듯이 쳐다보던 철수의 시선을 빠르게 파악한 도훈이 피식 웃으며 말한다.

"그렇게 부러우면 조교 하든가."

"그건 싫은데."

"왜?"

"피곤해 보이잖아. 우리가 씻고 잘 때도 조교들은 전투복도 계속 입고 있고 통제하느라 바쁘고. 내가 보기에는 훈련소 조교가 가장 힘들어 보이는 거 같아."

"야, 그거야말로 큰 착각이다. 이 세상에 힘들고 힘든 군부

대가 얼마나 많은데. 넌 TV도 안 봤냐? 155㎜ 견인곡사포는
졸라 힘들다고."

참고로 도훈이 전에 군 생활을 보내던 곳이 바로 155㎜ 견
인곡사포 부대다. 거기서 포병으로 지낸 도훈이기에 허리에
부담이 가는 그 끔찍한 훈련의 고충을 아주 잘 알고 있다.

"거기에 공병도 무진장 힘들고… DMZ 지역도 힘들고. 여
하튼 졸라 힘든 부대가 아직도 한참 남았으니까 고작 훈련소
조교 보고서 지리지 마라."

"이러다가 우리 이십 대 청년 시절을 혹 보내는 거 아니
야?"

"이미 입대한 순간부터 끝났어."

딱 잘라 말하며 철수가 품고 있는 희망의 불씨를 꺼버린다.

군대라는 게 원래 그렇다. 자신이 있던 부대가 가장 힘들
고, 자신이 있던 부대가 가장 빡센 곳이라고 생각하기 때문이
다.

본래 인간은 이기적이다. 그렇기에 자신을 중심으로 생각
할 수밖에 없다.

철수와 대담을 나누는 사이 드디어 마지막 휴식처에 도착.
주간 행군이기 때문에 별다른 환자는 보이지 않는다.

행군이라는 게 제법 할 만하다는 의욕 충만한 눈빛들이 가
득한 훈련병들이 있는 반면, 전투화 덕분에 악전고투 중은 훈

련병도 있다.

사람의 피부는 제각각인지라 이 정도 행군에 물집이 잡히는 사람이 있는 반면, 40km 행군을 뛰어도 물집이 잡히지 않는 사람도 있다.

그런 면에서 보자면 철수는 어찌 보면 축복받은 발을 가진 녀석이라 할 수 있을 것이다.

반면 도훈은 저주받은 발이다. 새로운 신발을 신을 때마다 물집이 잡힐 정도로 피부가 약한 편이다.

군대에서는 아주 치명적인 약점으로 작용하는 요소지만, 도훈은 자신의 피부를 굳은살 박이기 전법과 동시에 물집이 잡히지 않는 다수의 장치들을 통해서 보완해 왔다.

앞으로의 군 생활 역시도 그런 식으로 행군이라는 난관을 보내야 하기에 도훈의 남은 군 생활 2년이 더더욱 끔찍하게 다가올 수밖에 없다.

'하다못해 일반인 수준의 발 피부라도 가지고 있다면 좋았을 것을.'

잠시 고민하던 도훈이 머릿속으로 또 다른 잔머리를 굴려 본다.

'앨리스한테 도움을 구할 순 없을까?'

현재 앨리스는 '이도훈 완전 러브(Love)' 상태에 빠져 있다. 왜인지는 모르겠지만 앨리스가 자신을 좋아한다는 사실은 아주 최근에 확인했다.

도훈은 자신이 그렇게 잘생겼다거나 여자한테 인기가 있을 법한 타입의 남자라고는 스스로 생각한 적이 없었다.

그렇다면 차원관리자 같은 괴생명체에게는 인기가 있는 타입일까. 좋아해야 할지, 아니면 기분 나빠해야 할지 모르겠다는 아리송한 표정으로 자리에서 일어서는 도훈.

"어디 가게?"

이제는 도훈의 행적을 일일이 캐묻는 게 습관화되다시피 한 철수의 질문이 아주 당연하다는 듯이 받은 도훈이 툭 던지듯 말한다.

"화장실 간다."

"잘 갔다 와."

화장실이라고 해봤자 갈대밭에서 소변을 누는 게 전부다. 별도로 화장실이 마련되어 있을 거라는 기대감은 애초에 하지 않는 게 정신건강상 좋다.

인간의 소변이 환경에 나쁜 영향을 미치는 것도 아니기에 조교들도 화장실 갈 일이 있으면 갈대밭에 가서 싸라고 공식적으로 말한다.

아픈 발을 이끌고 갈대밭으로 가며 바지 지퍼를 내리던 도훈이 나긋한 신음을 내지르며 물을 빼내기 시작한다.

"어흐, 좋다."

그때 들려온 청아한 목소리.

"흐음. 인간 남자는 그렇게 소변을 보는군."

화들짝 놀란 도훈이 황급히 바지 단추를 잠그며 목소리가 들린 방향을 바라본다.

갈대밭이라 그런지 상대방을 제대로 확인할 순 없었지만, 필히 들려온 그 목소리의 주인공이 어떠한 성별인지 정도는 알 수 있다.

여성.

군대에서는 듣기조차 힘들다는 여성의 목소리다.

'설마 또 앨리스인가?'

요즘 들어 비상식적으로 자신에게 관심을 표명하기 시작한 앨리스이기에 불가능한 일은 아니라고 생각한다. 게다가 이렇게 갑자기 튀어나오는 장면을 연출하는 건 앨리스의 전매특허니까 말이다.

앨리스의 이름을 부르기 바로 직전,

도훈은 순간적으로 다시 한 번 재차 머리를 굴려본다.

'여기서 앨리스의 이름을 꺼내는 순간 커다란 실수를 할 수도 있다.'

다이나는 앨리스와 도훈의 관계를 밝혀내기 위해 벼르고 있는 중이다. 그렇기에 여기서 괜히 앨리스의 이름을 부르는 순간 자신은 앨리스와 이미 친분이 있다는 사실을 꼼짝없이 어필하게 되는 셈이나 다름없다.

기껏 숨겨온 사실이 전면 공개되는 건 도훈의 입장에서 좋지 않다.

"정지, 정지, 정지. 손들어. 움직이면 쏜다."

거의 국어책 읽기 형식으로 성의 없는 대사를 읊기 시작하는 도훈이다. 별다른 마땅한 말이 떠오르지 않아 어쩔 수 없이 군대식 정체불명 거수자 출현 시 반응하는 대처 방식을 꺼내게 된 것이다.

이러다가 사회에서도 이러는 거 아니냐는 걱정까지 들 정도로 도훈은 연신 한숨을 내쉴 수밖에 없었다.

그러자 갈대밭 속에서 숨어 있던 정체불명의 거수자가 미약하게 한숨을 쉬며 드디어 모습을 드러낸다.

"속이려고 했는데 상황 판단 능력이 꽤나 좋은 남자구나."

'역시!'

도훈이 예상한 그대로 모습을 드러낸 쪽은 앨리스가 아닌 다이나이다.

금발의 숏커트와 잘 어울리는 타이트한 정장 차림의 그녀가 잘록한 허리 라인에 손을 올려놓고 살짝 찡그린 인상으로 도훈을 바라본다.

"저번에는 잘도 나를 속였겠다?"

"속이다니. 철수 녀석이 우연히 온 거 가지고 나한테 무작정 죄를 떠넘기지 마시지. 무죄 추정의 원칙도 모르냐? 죄가 인정되기 전까지 무죄로 추정되어야 한다는 것이 우리나라 형법 원리 중 하나라고. 기억해 둬라, 정체불명의 거수자."

말은 장난스럽게 하고 있지만 사실 도훈의 등에는 행군에서 흘린 땀이 아닌, 자신이 커다란 실수를 저지를 뻔했다는 아슬아슬함의 상징인 식은땀이 흐르고 있는 중이다.

다이나는 감정에 솔직하고 단순무식하며 잘 속아 넘어가는 앨리스와 다르게 머리가 좋은 편이다.

말 한마디 한마디에 신중을 기하고 적어도 두 번은 생각하고 나서 말해야 한다.

그것이 도훈이 마련한 다이나 대처 방법.

"뭐, 아무렴 어때. 이번에는 똑같은 방법에 당하지 않을 테니까 미리 알아두라고."

"사람을 보면 도망가지 않게 되어 있어? 수줍음 많은 아가씨라고 생각했는데."

"천만에. 투명화 프로그램을 발동시키지 않았을 뿐이야. 난 인턴인 앨리스와 다르게 차원 관리국에서 배정된 일거리가 워낙 많아서 이곳에 오는 것도 아주 급하게 왔거든. 그래서 제때 필요한 준비를 다 하지 못하고 와서 그랬을 뿐이야."

하긴 생각해 보면 앨리스가 할 수 있는 것을 다이나가 못한다는 게 말이 안 된다.

무엇보다도 다이나는 앨리스의 직장 상사니까 말이다. 적어도 앨리스가 할 수 있는 재주 정도는 다이나도 충분히 소화할 수 있을 것이다.

그리고 이런 도훈의 추측이 방금 다이나의 말에 의해 확실시되었다.

머리까지 좋을 뿐 아니라 능력 또한 출중하다.

여러모로 상대하기 까다로운 여자임에는 틀림없다.

"그런데 나한테 또 무슨 볼일이야?"

"볼일이라면 너도 이미 알고 있는 거 있잖아."

"…기억 회상 장치?"

"그래. 그거 돌려받으려고 왔어."

"미안하지만 버렸어."

"…뭐라고?"

고운 자태의 다이나의 눈썹이 살짝 치켜 올라간다.

그러나 도훈은 최대한 마이페이스를 유지하며 뻔뻔하게 거짓말을 내뱉기 시작한다.

"생각해 봐라. 군대에서 PSP 같은 물건을 가지고 있으면 무슨 짓을 당하겠느냐고. 괜히 의심받을 바에야 불안의 씨앗은 미리 처분하는 것이 속 편한 일이지."

"그렇게 나오시겠다?"

다이나의 표정이 점점 일그러진다. 마치 노처녀 히스테리를 발동시킨 여성의 그것과도 같은 형상이 되어가고 있다.

그때,

"그만두세요, 팀장님!"

흑발을 휘날리며 도훈과 다이나의 앞을 가로막은 채 모습을 드러낸 또 다른 차원관리자 앨리스가 다이나를 매섭게 노려보고 있다.

『말년병장, 이등병 되다!』 2권에 계속…

이제부터 전자책은

이젠북

www.ezenbook.co.kr

❀ 새로운 세계가 열린다! ❀

한백림『천잠비룡포』	천중화『그레이트 원』
좌백『천마군림』	송진용『몽검마도』
현대백수『간웅』	김석진『더블』
김정률『아나크레온』	백연『생사결─영정호우』
임준후『켈베로스』	예가음『신병이기』
진산『화분, 용의 나라』	남운『개방학사』

이름만 들어도 황홀할 정도의 별들의 향연!

이들의 "유료연재"가 시작됩니다!

검색창에 **이젠북** 을 쳐보세요! ▼ 🔍

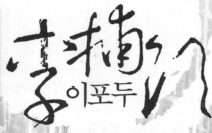

노주일 新무협 장편 소설

FANTASTIC ORIENTAL HEROES

청어람이 발굴한 신인 「노주일」
그가 선사하는 즐거운 이야기!

내 나이 방년 스물셋. 대륙을 휘몰아치는 전쟁에서
간신히 살아남아 고향으로 돌아왔다.
사실 전쟁은 이미 이기고 지는 건 문제도 아니었다.
단지 전후 협상만이 탁상공론으로 오고 갔을 뿐.
하지만 전쟁터에서는 항시 사람이 죽어 나갔다.
이유도 알지 못한 채 그냥.
그러던 차에 전후 협상처리가 되고 나서 전역했다.
그리고는 곧장 뒤도 돌아보지 않고 고향으로!

『이포두』
내 가족과 내 친구가 있는 곳으로!

Book Publishing CHUNGEORAM

유행이 아닌 자유추구 -
WWW. chungeoram.com

FANTASTIC ORIENTAL HEROES

양경 新무협 판타지 소설

악공무림

樂工武林

『화선검선』의 작가 양경!
가슴을 울리는 따뜻한 무협이 왔다!

『악공무림』
어린 나이에 할아버지를 여의고
황궁의 악사(樂士)가 된 송현.
그러나 채워질 수 없는 외로움에
궁을 나서고, 그 발걸음은 무림으로 향하는데……

듣는 이의 마음을 울리는, 화음.
악공 송현의 강호유람기가 펼쳐진다!

Book Publishing CHUNGEORAM

유행이 아닌 자유추구 -
WWW.chungeoram.com

요람 新무협 판타지 소설

귀환병사

FANTASTIC ORIENTAL HEROES

국내 최대 장르문학 사이트를 휩쓴 화제작!
여름의 더위를 깨뜨리려며 차가운 북방에서 그가 온다.

『귀환병사』

열다섯 나이에 북방으로 끌려갔던 사내, 진무린
십오 년의 징집을 마치고 돌아오다.

하지만 그를 기다린 것은 고아가 된 두 여동생, 어머니의 편지였다.
그리고 주어진 기연, 삼륜공……

"잃어버린 행복을 내 손으로 되찾겠다!"

진무린의 손에 들린 창이 다시금 활개친다.
그의 삶은 뜨거운 투쟁이다!

Book Publishing CHUNGEORAM

유행이 아닌 자유추구 -
WWW.chungeoram.com

FUSION FANTASTIC STORY

진호철
장편 소설

『1월 0일』의 작가 진호철!
그가 선보이는 호쾌한 현대 판타지!

어머니의 치료비를 구하기 위해
프랑스 외인부대에 지원한 유천.

어느 날 신비한 석함을 얻게 되는데……

『한국호랑이』

내 인생은 전진뿐. 길이 아니면 만들어가고
방해자가 있다면 짓밟고 갈 뿐이다!

Book Publishing CHUNGEORAM

용맹이님 자유추구
WWW.chungeoram.com

수십 년 전, 용병왕의 등장으로 생겨난
왕국과 용병의 세계.
평소엔 한없이 가볍지만 화나면 누구보다 무서운,
놀고먹고 싶은 그가 돌아왔다!

하지만 바람과는 달리 과거 그의 앙숙과 대륙의 판도는
도저히 그를 놓아주질 않는데……

"용병은 그냥, 돈 받고 칼을 빌려주는 놈들이니까."

그의 용병 철학은 단순했다.

"물론, 누구에게 빌려주느냐가 문제겠지?"

Book Publishing CHUNGEORAM

용병이 아닌 카우보이
WWW.chungeoram.com